Édith Wharton

Une affaire de charme

Traduit de l'américain
par Jean Pavans

J'AI LU

SALONS RANGÉS ET CHAMBRES CLOSES

DANS LA MAISON DE L'ÂME

En 1925, Edith Wharton publia, sous le titre de *The Writing of Fiction*, une sorte de petit traité de théorie littéraire, dont un chapitre s'intitule *Telling a Short Story*, « raconter » une nouvelle (une courte histoire), alors que dans un autre elle se penche sur les façons de « construire » un roman, *Constructing a Novel*. Elle classe et range, invoque de célèbres modèles, met de l'ordre dans les genres, édicte clairement quelques fermes principes comme : « La convention est la première nécessité de tout art ; mais il n'y a aucune raison d'ajouter les contraintes d'une autre forme à celles de la forme choisie. » Ou bien : « La principale différence technique entre la nouvelle et le roman peut être définie en disant que la situation est l'élément déterminant de la nouvelle, le personnage celui du roman ; et il s'ensuit que l'effet produit par la nouvelle dépend presque entièrement de sa forme, ou présentation. »

Le ton général de ce manuel du « bien écrire » est au fond beaucoup celui du tout premier volume qu'elle ait fait paraître, en 1897, en collaboration avec Ogden Codman, futur architecte des millionnaires : *The Decoration of Houses* – alignement de préceptes de bon sens appuyés sur une connaissance précise de l'histoire européenne de l'architecture, du mobilier et de la décoration. Les raisons qui poussent à écrire sont, comme celles qui obligent à bâtir, des données trop profondes et trop naturelles pour être sondées, ou maîtrisées. La maîtrise ne paraît que dans l'application visible de lois formelles, mais elle révèle ainsi l'omniprésence du principe créateur. « La proportion est la bonne éducation de l'architecture. Indéfinissable à l'œil non exercé, elle procure du repos et de la distinction. Dans son effet, elle est aussi intangible que cette essence partout pénétrante que les anciens appelaient l'âme. » Il suffit de substituer « littérature » à « architecture » pour obtenir une formule élargie de l'esthétique ou de la morale d'Edith Wharton.

Dans son autobiographie de 1933, *Les Chemins parcourus*, elle se livre au passage à d'autres réflexions sur son métier d'écrivain, et tâche de nous faire pénétrer dans le « jardin secret » où germent ses livres, mais elle ne fait qu'entrouvrir le portail, et met encore une fois l'accent sur le contrôle et la lucidité :

« Tout le processus, bien qu'il se situe dans quelque région secrète au bord de la conscience, est toujours éclairé par les pleins feux de mon attention critique. [...] Cela me met dans un état de grande agitation et de grande émotion, sans aucun rapport avec les joies et les chagrins causés par les événements de l'existence, mais aussi intense, et avec un aussi fort aspect de réalité ; et mes deux vies, divisées entre ces mondes également réels quoique totalement distincts, ont ainsi marché de concert, pareillement absorbantes, mais entièrement isolées l'une de l'autre, depuis ma petite enfance. »

Cette conscience féminine pragmatique et suraiguë des puissances égales mais séparées de l'utilité et de la poésie, de l'être secret et de la personne sociale en leur même demeure, est peut-être le mieux exprimée par une phrase remarquable de *La Plénitude de la vie* :

« J'ai souvent pensé que la nature d'une femme est semblable à une grande maison avec de nombreuses pièces : il y a le vestibule, que tout le monde traverse pour entrer et pour sortir ; le grand salon, où l'on reçoit les visites formelles ; le petit salon, où les membres de la famille vont et viennent à leur guise ; mais au-delà, bien au-delà, il y a d'autres pièces dont on ne tourne peut-être jamais les poignées de porte ; personne ne sait y aller, personne ne sait où elles mènent ; et dans la chambre la plus reculée, le saint des saints, l'âme se trouve seule dans l'attente d'un bruit de pas qui n'arrive jamais. »

On devine bien des aveux à peine voilés dans cette *Plénitude de la vie*, deuxième nouvelle que Wharton ait publiée, en 1893, à l'âge de trente ans. Les premières pages sont une saisissante évocation, à la fois poétique et psychique, de l'agonie d'une femme, hantée sûrement des expériences de nausées et d'angoisses de l'auteur, elle qui à huit ans avait frôlé la mort à cause d'une fièvre typhoïde, et qui maintenant suffoque dans son mariage sans doute inaccompli avec l'inepte Teddy Wharton. L'héroïne rencontre dans l'au-delà l'Esprit de Vie. Elle lui confie explicitement sa frustration conjugale, et il lui fait alors rencontrer son âme sœur, avec qui elle pourra partager sa passion pour la beauté de la nature et des arts. Mais la perspective de devoir s'exalter ainsi à demeure pendant toute l'éternité l'effraie et, repoussant son idéal de vie comblée, elle décide d'attendre d'être rejointe par son rustre de mari, auprès de qui elle peut du moins être utile.

Edith divorcera de Teddy Wharton en 1913, à Paris, après avoir enfin vécu, de 1907 à 1910, à quarante-cinq ans passés, elle dont la sensualité était sûrement aussi vigoureuse que l'intellect, une liaison charnellement satisfaisante avec un compatriote bisexuel et volage, William Morton Fullerton. Mais cet accomplissement était une vérification, comme par acquit de conscience ; en réalité, elle s'était trouvée bien avant cela, et elle avait tranché. Si personne ne pénétrerait dans la chambre de son âme, elle ne permettrait pas davantage à l'inquiétant désordre de cette pièce inaccessible de se répandre dans le reste de la maison, ni même dans les salons de ses livres, dont l'ordre convenu serait justement le reflet de la relégation permanente du mystère. Ce commandement d'éthique littéraire était en fait maternel, et *Les Chemins parcourus* en rappellent l'origine :

« Ma première tentative (à l'âge de onze ans) fut un roman, qui commençait ainsi : “Oh, comment allez-vous, Mrs Brown ? dit Mrs Tompkins. Si j'avais su que vous deviez venir, j'aurais rangé le salon.” Je soumis craintivement cette esquisse à ma mère, et je n'oublierai jamais la chute brutale de ma frénésie créatrice lorsqu'elle me la rendit avec ce commentaire glacial : “Les salons sont toujours rangés.” »

Edith Wharton a laissé quatre-vingt-six nouvelles, dont un dernier volume a paru en 1937, l'année même de sa mort. Sa production en ce domaine a été très régulière, avec toutefois un fléchissement de quelques années autour de cette Grande Guerre qui bouleversa toutes les données humaines et sociales sur lesquelles pouvait se fonder le roman de mœurs. Après ces splendides hommages à une Atlantide disparue que sont *Le Temps de l'innocence* (1920) ou *Vieux New York* (1924), elle a cherché une nouvelle application de son scepticisme dynamique dans une satire des années folles, d'un univers écervelé et *jazz-band*, où ce ne sont plus les salons bien rangés à toute heure qui révèlent le verrouillage de la chambre de l'âme, mais les couloirs ouverts à tous vents, les boîtes de nuit ou les pistes de danse, où circulent en coulisse l'alcool, les drogues et la mécanique de la libération sexuelle du moment. Le roman significatif de cette période est *Les New-Yorkaises* (1927), et il y a des échos fidèles de sa tonalité burlesque et féroce, de cette frivolité qui veut ignorer qu'elle peut être meurtrière, dans les deux nouvelles qui achèvent notre recueil, *La Permanente* (1935) et *Une affaire de charme* (1934). Peu importe ici que l'observation soit lointaine, et vienne du fond de la discipline quotidienne et des luxueuses retraites du pavillon Colombe ou de Sainte-Claire-du-Vieux-Château ; car, une fois exercée sur la propre condition de l'auteur, l'acuité du regard se prolonge grâce à son abstraction, et à la relativisation des actes et des époques.

Quoique datant de la même tardive floraison, *Le Diagnostic* (1930) reste davantage dans les principes formels d'une savoureuse démonstration technique, sur fond de duperie, comme le font *Le Prétexte* (1908), à l'ironie typique et impitoyable envers les illusions d'une femme mûre et frustrée, et *Le Tableau mouvant* (1901), en apparence sorte de *Portrait de Dorian Gray* à rebours, mais où le thème de la possession d'un vivant par une peinture et par une morte est le plus clairement emprunté à Henry James.

Des inédits (en français) d'une veine désormais bien connue d'Edith Wharton présentent sans doute la double séduction de la découverte et de la familiarité. Mais très singulièrement personnelle est sa toute première « fiction » publiée (en magazine) – elle ouvre notre recueil – car il y a quelque chose de profond, de magistral et de définitif dans cette identification poétique et lucide de l'auteur, alors jeune femme riche, imaginative, volontaire et entravée, à cette pauvre vieille Mrs Manstey coupée du monde, dont le seul trésor, la maintenant en vie, est la vue de sa chambre, spectacle d'une laideur banale, qui se trouve enchanté du simple fait qu'il concentre toutes les aspirations de la recluse.

Jean Pavans

LA VUE DE MRS MANSTEY

La vue de la fenêtre de Mrs Manstey n'était pas frappante, mais pour celle-ci du moins elle était pleine d'intérêt et de beauté. Mrs Manstey occupait une chambre sur cour au troisième étage d'une pension new-yorkaise, dans une rue où les poubelles restaient longtemps sur les trottoirs et où les trous dans la chaussée auraient pu engloutir un Marcus Curtius[1]. C'était la veuve d'un vendeur de grand magasin dont le décès l'avait laissée seule, car sa fille unique s'était mariée en Californie et ne pouvait s'offrir un voyage à New York pour venir la voir. Mrs Manstey aurait sans doute pu rejoindre sa fille dans l'Ouest, mais elles avaient maintenant passé tellement d'années loin l'une de l'autre qu'elles avaient cessé d'éprouver le besoin de se retrouver ; leurs échanges se limitaient depuis longtemps à quelques lettres sommaires, écrites avec indifférence par la fille, et avec difficulté par Mrs Manstey, dont la main droite était raidie par la goutte. Même si elle avait ressenti un plus grand désir de la compagnie de sa fille, son infirmité croissante, qui lui faisait redouter d'affronter les trois volées de marches qui séparaient sa chambre de la rue, l'aurait dissuadée de se lancer dans un si long trajet ; et, sans vraiment se donner de raisons précises, elle s'était peu à peu faite à la solitude de sa vie à New York.

Elle n'était certes pas absolument seule, car quelques amis faisaient de temps à autre l'effort de monter dans sa chambre ; mais, les années passant, leurs visites devenaient de plus en plus rares. Mrs Manstey n'avait jamais été liante et, du vivant de son mari, elle s'était amplement satisfaite de sa seule compagnie. Elle avait longtemps caressé l'idée de vivre à la campagne, d'avoir un jardin et un poulailler ; mais ce désir s'était estompé avec l'âge, ne laissant au sein de cette vieille femme taciturne qu'une vague tendresse pour les plantes et pour les animaux. C'était peut-être cette tendresse qui l'attachait si fort

1. Edith Wharton écrit Quintus Curtius. Mais l'historien latin Quinte-Curce est ici hors contexte. Il y a manifestement confusion avec Marcus Curtius, héros romain légendaire qui s'était jeté avec son cheval dans un gouffre ouvert en plein Forum par un tremblement de terre. Le gouffre s'était refermé sur lui, conformément à la prédiction d'un oracle. *(N.d.T.)*

à la vue de sa fenêtre, où pourtant le regard le plus bienveillant aurait eu de la peine à voir quoi que ce fût d'admirable.

De son point d'observation (la petite avancée d'un bow-window, où elle faisait pousser un lierre et quelques plants maladifs), Mrs Manstey apercevait la cour de son immeuble, dont elle ne pouvait cependant distinguer qu'une partie, car ses yeux rencontraient d'abord les branches supérieures d'un ailante placé au-dessous de sa fenêtre ; elle attendait chaque année la floraison précoce des diélytres, avec leurs tiges penchées et leur cœur rose.

Mais les cours situées au-delà présentaient un plus grand intérêt. Appartenant pour la plupart à des pensions, elles étaient dans un état de saleté chronique et, certains jours de la semaine, elles étaient jonchées de vêtements divers et de nappes abandonnées. Malgré cela, Mrs Manstey trouvait beaucoup à admirer dans cette perspective qu'elle dominait. Quelques-unes de ces cours n'étaient bien sûr que des déserts pierreux, avec de l'herbe poussant entre les pavés et aucune autre ombre au printemps que celle portée par le linge étendu. Celles-là, Mrs Manstey les désapprouvait, mais les autres, celles qui avaient de la verdure, elle les chérissait. Elle s'était habituée à leur désordre ; les poubelles cassées, les bouteilles vides et les allées jamais balayées ne la chagrinaient plus ; car elle avait l'heureuse faculté de ne retenir que l'aspect le plus agréable de la vue de sa fenêtre.

Dans l'enclos voisin, un magnolia ne déployait-il pas le blanc cru de ses pétales dans le bleu délavé d'avril ? Et n'y avait-il pas, dans la même direction, une barrière noyée en mai dans les vagues mauves d'une glycine ? Un peu plus loin, un marronnier dressait ses candélabres de fleurs rose et jaune pale sur les grands éventails de son feuillage ; et, dans la cour voisine, l'air de juin était lourd du parfum suave d'un seringa oublié, qui persistait à pousser malgré les innombrables forces hostiles à son épanouissement.

Si la nature occupait le premier rang dans ses observations, l'attention de Mrs Manstey était également retenue par des détails bien plus personnels de l'aspect des maisons. Elle réprouvait profondément les rideaux couleur moutarde récemment accrochés à la fenêtre du médecin d'en face ; mais elle avait ressenti un vif plaisir quand les vieilles briques de la maison contiguë avaient été badigeonnées d'une couche de peinture. Dans ces maisons les maîtres se montraient rarement aux fenêtres sur cour, mais on y voyait sans cesse les domestiques – des souillons, des braillards, pour la plupart, estimait Mrs Manstey.

Elle connaissait leurs façons, et elle les détestait. Cependant, elle éprouvait une chaleureuse sympathie pour la discrète cuisinière de la maison repeinte, qui était malmenée par sa maîtresse et qui, la nuit tombée, nourrissait en secret les chats errants. Une fois, elle fut tourmentée durant deux jours par la négligence d'une bonne qui oubliait de nourrir le perroquet qu'on lui avait confié. Et le troisième jour, malgré sa main goutteuse, Mrs Manstey se mit à écrire une lettre commençant par : « Madame, il y a maintenant trois jours que votre perroquet n'a pas été nourri... » – mais, au même moment, la bonne parut à la fenêtre avec une tasse de graines à la main.

Toutefois, lorsqu'elle était d'humeur méditative, Mrs Manstey était surtout captivée par l'étroite perspective des cours les plus distantes. Souvent, au crépuscule, quand le clocher de grès semblait se fondre au loin dans le fluide doré de l'occident, elle se perdait dans de vagues souvenirs d'un voyage en Europe, accompli bien des années auparavant, à présent réduit dans son esprit à une pâle fantasmagorie de campaniles indistincts et de cieux irréels. Peut-être Mrs Manstey était-elle au fond une artiste ; en tout cas, elle était sensible à des changements et à des nuances invisibles à un œil ordinaire, et elle aimait de la même façon le verdoiement du printemps et le treillis noir des arbres sur le soufre froid du ciel à la fin d'une journée enneigée. Elle appréciait également les dégels ensoleillés de mars, quand des plaques de terre se montrent sous la neige comme des taches d'encre brune sur un papier buvard blanc ; et, plus encore, le bourgeonnement des buissons gonflant le fin réseau de leurs branches hivernales. Elle regardait même avec un certain intérêt la traînée de fumée d'une lointaine cheminée d'usine ; et le paysage lui parut amputé d'un détail lorsqu'on ferma l'usine et que la fumée disparut.

Mrs Manstey, durant les longues heures qu'elle passait à sa fenêtre, ne restait pas inactive. Elle lisait un peu, et tricotait une quantité innombrable de bas ; mais la vue entourait et modelait son existence comme la mer encercle une île solitaire. Quand elle recevait une de ses rares visites, elle avait du mal à se détacher de la contemplation du nettoyage des vitres d'en face, ou de l'observation de certains points verts dans un parterre de fleurs voisin qui pourraient, ou non, s'épanouir en hyacinthes ; et il lui fallait feindre d'écouter le récit des espiègleries d'un petit-fils inconnu. Les véritables amis de Mrs Manstey étaient les habitants des cours, les hyacinthes, le magnolia, le perroquet vert, la cuisinière qui nourrissait les chats, le médecin qui étudiait tard derrière ses rideaux couleur moutarde ; et le confident de ses tendres rêveries était le clocher flottant dans le crépuscule.

Un jour d'avril, alors qu'elle était assise à sa place coutumière, avec son tricot près d'elle et ses yeux fixés sur le ciel bleu pommelé de nuages ronds, un coup se fit entendre à sa porte, annonçant l'entrée de sa logeuse. Mrs Manstey n'aimait pas sa logeuse, mais elle se soumettait à ses passages avec une résignation pleine de dignité. Ce jour-là, pourtant, il lui fut particulièrement difficile de renoncer au ciel bleu et au magnolia en fleur pour se tourner vers le visage inexpressif de Mrs Sampson, et elle eut nettement conscience de l'effort qu'elle faisait pour cela.

« Le magnolia est bien précoce cette année, Mrs Sampson », remarqua-t-elle contre son habitude, car elle faisait rarement part de ce qui occupait l'essentiel de ses pensées. D'abord, c'étaient des sujets peu susceptibles d'intéresser les gens qui venaient la voir, ensuite elle n'avait pas le don d'exprimer ses sentiments tels qu'elle les éprouvait.

« Le quoi ? » demanda la logeuse, en cherchant des yeux dans la pièce ce dont Mrs Manstey pouvait bien parler.

« Le magnolia, dans la cour d'à côté... celle de Mrs Black, expliqua Mrs Manstey.

— Oh, vraiment ? Je ne savais pas qu'il y avait un magnolia par là-bas », dit négligemment Mrs Sampson.

Mrs Manstey lui lança un regard aigu : cette femme ne savait pas qu'il y avait un magnolia dans la cour d'à côté !

« Au fait, reprit Mrs Sampson, puisqu'on parle de Mrs Black, ça me fait penser que les travaux de l'annexe vont commencer la semaine prochaine.

— De la quoi ? s'étonna à son tour Mrs Manstey.

— De l'annexe, répondit Mrs Sampson avec un signe de tête en direction du magnolia ignoré. Vous saviez bien que Mrs Black allait faire agrandir sa pension. Parfaitement, madame. J'ai entendu dire qu'elle allait l'étendre jusqu'au fond de la cour. Je me demande comment elle peut se payer des travaux pareils par les temps qui courent. Mais elle a toujours eu la rage de construire. Elle avait une pension dans la Dix-Septième Rue et elle s'est presque ruinée en faisant installer des bow-windows et je ne sais pas quoi. J'aurais cru que ça l'avait guérie, mais on dirait que c'est incurable, comme la boisson. En tout cas, les travaux doivent commencer lundi. »

Mrs Manstey avait blêmi. Elle était généralement lente à parler, et donc la logeuse ne prêta pas attention au long silence qui suivit. Finalement, Mrs Manstey demanda :

« Savez-vous quelle hauteur aura l'annexe ?

— C'est ce qu'il y a de plus absurde. Elle sera aussi haute que le bâtiment principal. A-t-on jamais entendu une chose pareille ? »

Après un autre silence, Mrs Manstey reprit : « Est-ce que ce ne sera pas gênant pour vous, Mrs Sampson ?

— Je dirais que oui. Mais on n'y peut rien. Si les gens se sont mis en tête de faire des agrandissements, il n'y a aucune loi pour les en empêcher, que je sache. » Mrs Manstey, le sachant également, ne répliqua rien. « On n'y peut rien, répéta Mrs Sampson. Je suis bonne chrétienne, vous le savez, mais je ne serais pas fâchée qu'Eliza Black se ruine avec ça. Eh bien, au revoir, Mrs Manstey. Je suis contente de vous trouver en bonne forme. »

En bonne forme ! Laissée seule, la vieille femme se tourna de nouveau vers la fenêtre. Comme la vue était jolie ce jour-là ! Le ciel bleu avec ses nuages ronds répandait son éclat sur toute chose ; l'ailante avait pris une teinte jaune-vert, les hyacinthes bourgeonnaient, les fleurs de magnolia avaient plus que jamais l'air de rosettes sculptées dans de l'albâtre. Bientôt la glycine fleurirait, puis le marronnier ; mais pas pour elle. Entre elle et tout cela allait promptement se dresser une masse de briques et de mortier ; et même le clocher disparaîtrait, et ce monde radieux serait entièrement occulté. Ce soir-là, Mrs Manstey renvoya sans y toucher le plateau de son dîner. Elle s'attarda à sa fenêtre jusqu'à ce que le crépuscule venteux disparût dans des ténèbres couleur de chauve-souris ; puis elle alla se coucher, et ne ferma pas l'œil de la nuit.

Le lendemain, elle fut tôt à sa fenêtre. Il pleuvait, mais même à travers ce voile gris et oblique la scène avait son charme – et puis la pluie était bonne pour les arbres. Elle avait remarqué la veille que l'ailante devenait poussiéreux.

« Évidemment, je pourrais déménager », dit Mrs Manstey à voix haute. Et elle tourna les yeux vers l'intérieur de sa chambre. Elle pouvait déménager, évidemment ; elle pourrait aussi bien être écorchée vive ; mais elle ne survivrait probablement à aucune de ces opérations. Cette chambre était bien moins importante pour son bonheur que la vue, mais elle faisait autant partie de son existence. Cela faisait dix-sept ans qu'elle y vivait. Elle connaissait chaque tache du papier mural, chaque trou du tapis ;

la lumière tombait d'une certaine façon sur ses gravures, ses livres s'étaient encrassés sur ses étagères, son lierre et ses plants étaient habitués à leur fenêtre et savaient sous quel angle prendre le soleil. « Nous sommes tous trop vieux pour déménager », se dit-elle.

Dans l'après-midi, le temps s'éclaircit. Un azur humide et radieux parut dans les déchirures des nuages ; l'ailante étincelait ; la terre au pied des fleurs semblait riche et chaude. C'était un jeudi, et le lundi suivant les travaux d'agrandissement devaient commencer.

Le dimanche après-midi, on apporta une carte à Mrs Black, pendant qu'elle était occupée au sous-sol à ramasser les restes du dîner de ses pensionnaires. Cette carte, bordée de noir, portait le nom de Mrs Manstey.

« Une des locataires de Mrs Sampson. Elle a envie de changer, j'imagine. Eh bien, je pourrai lui donner une chambre dans l'annexe, l'année prochaine. Dinah, fit Mrs Black, dites à cette dame que je monte la voir dans une minute ! »

Mrs Black trouva Mrs Manstey debout dans l'étroit salon garni de statuettes et de têtières ; dans cette maison, elle se sentait incapable de s'asseoir.

Mrs Black se précipita vers son registre, qu'elle ouvrit dans un nuage de poussière, puis elle s'avança vers Mrs Manstey.

« Ravie de faire votre connaissance, Mrs Manstey. Prenez un siège, je vous en prie », lança la logeuse avec la voix assurée d'une femme qui peut s'offrir des annexes. On n'y pouvait rien. Mrs Manstey s'assit.

« Est-ce que je peux faire quelque chose pour vous, madame ? poursuivit Mrs Black. Ma maison est pleine en ce moment, mais je vais faire construire une annexe, et alors…

— C'est justement de cette annexe que je voudrais vous parler, coupa Mrs Manstey. Je suis pauvre, Mrs Black, et je n'ai pas eu beaucoup de bonheur. Je vais d'abord devoir vous parler un peu de moi… pour que vous puissiez comprendre. »

Mrs Black, étonnée mais imperturbable, s'inclina pour acquiescer.

« Je n'ai jamais eu ce que je voulais, enchaîna Mrs Manstey. Je suis allée de déception en déception. Durant des années, j'ai voulu vivre à la campagne. J'en ai très longtemps rêvé. Mais nous n'y sommes jamais parvenus. Il n'y avait pas de fenêtre ensoleillée dans notre maison, et toutes les plantes mouraient. Ma fille s'est mariée il y a des années, et elle est partie… d'ailleurs, nous n'avions pas les mêmes goûts. Et puis mon mari est mort et je me suis retrouvée seule. C'était il y a dix-sept ans. Je me suis installée chez Mrs Sampson, et depuis lors j'ai toujours vécu là. J'ai une petite infirmité, comme vous voyez, et je ne sors pas souvent... seulement lorsqu'il fait beau, et que je me sens bien. Donc vous comprendrez que je reste la plupart du temps assise devant ma fenêtre... la fenêtre sur cour, au troisième étage...

— Eh bien, Mrs Manstey, je pense pouvoir vous donner une chambre sur cour, déclara magnanimement Mrs Black. Une des nouvelles chambres dans l'ann...

— Mais je ne veux pas déménager ! Je ne peux pas déménager ! hurla presque Mrs Manstey. Et je suis venue vous dire que si vous construisez cette annexe je n'aurai plus de vue de ma fenêtre... plus aucune vue ! Est-ce que vous comprenez ? »

Mrs Black se crut en face d'une folle ; or elle avait entendu dire qu'il fallait amadouer les fous.

« Mon Dieu, mon Dieu ! fit-elle en reculant insensiblement sa chaise. C'est vraiment regrettable. Je n'y avais pas songé. C'est certain, l'annexe bouchera votre vue, Mrs Manstey.

— Alors, vous comprenez ? dit Mrs Manstey, haletante.

— Mais oui, bien entendu. Et je regrette vraiment. Écoutez, ne vous inquiétez pas, Mrs Manstey. Je crois que je peux arranger cela. »

Mrs Manstey se leva vivement et Mrs Black s'approcha de la porte.

« Que voulez-vous dire “arranger cela » ? Est-ce que j'ai pu vous faire changer d'avis pour l'annexe ? Oh, Mrs Black, écoutez-moi ! J'ai deux mille dollars à la banque et je pourrais... je sais que je le peux... vous donner mille dollars si... » Mrs Manstey s'interrompit. Des larmes roulaient sur ses joues.

« Allons, allons, Mrs Manstey, ne vous inquiétez pas ! répéta Mrs Black d'un ton apaisant. Je suis sûre que nous pouvons nous arranger. Je regrette de ne pas pouvoir vous parler plus longtemps, mais c'est l'heure où j'ai beaucoup à faire, avec le souper à préparer... »

Elle avait déjà la main sur la poignée de la porte, mais Mrs Manstey l'arrêta d'un geste brusque.

« Vous ne me donnez pas de réponse précise. Voulez-vous dire que vous acceptez ma proposition ?

— Ma foi, je vais y réfléchir, Mrs Manstey, je vais sûrement y réfléchir. Je ne voudrais pour rien au monde vous tourmenter...

— Mais les travaux doivent commencer demain, m'a-t-on dit », insista Mrs Manstey.

Mrs Black hésita. « Ils ne commenceront pas, je vous le promets. Je vais ce soir même envoyer un mot à l'entrepreneur. »

Mrs Manstey lui serra encore plus fort la main.

« Vous ne cherchez pas à me tromper, n'est-ce pas ? fit-elle.

— Non... non, bredouilla Mrs Black. Quelle idée vous faites-vous de moi, Mrs Manstey ? »

Mrs Manstey relâcha lentement son étreinte, et elle franchit la porte ouverte. « Mille dollars ! » répéta-t-elle en s'arrêtant dans le hall. Puis elle sortit de la pension, s'agrippant à la rampe et boitant sur les marches.

« Seigneur Dieu ! s'écria Mrs Black en refermant la porte d'entrée. Je n'aurais jamais cru que cette vieille était folle ! Elle avait l'air tellement digne et tranquille ! »

Mrs Manstey dormit bien cette nuit-là, mais le lendemain matin elle fut réveillée tôt par des bruits de martèlement. Elle alla à sa fenêtre aussi promptement qu'elle put et, regardant dehors, elle vit que la cour de Mrs Black était pleine d'ouvriers. Certains apportaient des briques, d'autres commençaient à démolir le vieux balcon de bois qui courait sur tous les étages de la pension de Mrs Black. Mrs Manstey comprit qu'on l'avait trompée. Elle pensa d'abord confier son émoi à Mrs Sampson, mais un profond découragement s'empara brusquement d'elle, et elle alla se recoucher, n'ayant plus le cœur de voir ce qui se passait.

Toutefois, dans l'après-midi, sentant qu'elle devait se préparer au pire, elle se leva et s'habilla. Ce fut une entreprise laborieuse, car ses mains étaient plus raides que d'habitude, et les agrafes et les boutons semblaient lui résister.

En s'asseyant à sa fenêtre, elle s'aperçut que les ouvriers avaient démonté la partie supérieure du balcon, et que les tas de briques avaient grossi dans la cour. Un des ouvriers, un type trapu avec un visage bouffi, cueillit une fleur de magnolia et, après l'avoir reniflée, la jeta par terre ; un homme chargé de briques la piétina en passant.

« Attention, Jim ! lança un ouvrier à un autre qui fumait une pipe. Si tu jettes des allumettes près de ces tas de papiers tu vas voir cette vieille carcasse brûler avant de t'en rendre compte ! » Et Mrs Manstey, se penchant, remarqua qu'il y avait des poubelles pleines de papiers et de détritus sous le balcon de bois.

Les travaux cessèrent au crépuscule. C'était un magnifique coucher de soleil, et le lointain clocher était transfiguré par la lumière rosée qui traînait à l'horizon. L'obscurité tombant, Mrs Manstey tira les stores et alluma sa lampe, en procédant méthodiquement, comme d'habitude. Elle la remplissait toujours elle-même, à l'aide d'un bidon de kérosène qu'elle rangeait dans son placard, sur une étagère recouverte de zinc. Une fois éclairée, la chambre reprit son aspect paisible. Les livres, les gravures, les plantes semblaient, comme leur maîtresse, s'apprêter à passer une autre soirée tranquille. Comme de coutume, Mrs Manstey approcha son fauteuil de la table et se mit à tricoter.

Cette fois-ci elle ne put trouver le sommeil. Le temps avait changé ; poussées par un vent violent, des masses de nuages masquaient les étoiles. Mrs Manstey se leva à une ou deux reprises pour regarder par la fenêtre ; mais, de sa vue, elle ne distingua rien d'autre que deux ou trois lumières tardives aux fenêtres d'en face. Ces lumières disparurent enfin, et Mrs Manstey, qui avait épié leur extinction, commença de s'habiller. Elle était visiblement pressée, car elle se contenta d'enfiler un peignoir léger sur sa chemise de nuit, et de nouer un foulard sur sa tête. Puis elle ouvrit son placard et sortit avec précaution le bidon de kérosène. Ayant ensuite glissé dans sa poche une boîte d'allumettes, elle se mit à ouvrir sa porte, le plus discrètement possible. Un instant plus tard, elle descendait à tâtons l'escalier sombre, guidée par la lueur de la veilleuse dans le vestibule. Une fois au rez-de-chaussée, elle entreprit avec bien plus de difficulté de s'engouffrer dans les ténèbres complètes du sous-sol. Une rafale de vent froid la fouetta lorsqu'elle sortit pour avancer à l'aveuglette sous les étendoirs.

À trois heures du matin, un signal d'alarme attira les pompiers devant la porte de Mrs Black, et attira également à leur fenêtre les pensionnaires stupéfaits de Mrs Sampson. Le balcon de bois de la cour de Mrs Black était en flammes, et parmi les personnes qui observaient les progrès de l'incendie se trouvait Mrs Manstey, dans son léger peignoir, penchée à sa fenêtre ouverte.

Le feu, cependant, fut bientôt maîtrisé, et les pensionnaires effrayés, qui étaient sortis débraillés, découvrirent à l'aube qu'il y avait eu peu de dégâts, à part quelques vitres éclatées et quelques plafonds noircis. En fait, la principale victime de l'incendie fut Mrs Manstey, qu'on trouva le matin en train de suffoquer, ce qui n'était pas étonnant, estima chacun, pour une femme de son âge restée en peignoir à sa fenêtre par un vent pareil. Elle était manifestement très malade, mais personne n'avait soupçonné la gravité de la pneumonie que diagnostiqua le médecin et, le soir, autour de la table de Mrs Sampson, les visages étaient soucieux et consternés. Pourtant, les pensionnaires ne connaissaient pas vraiment Mrs Manstey ; elle était « très indépendante », comme ils disaient, et semblait s'estimer supérieure à eux. Mais c'était toujours déplaisant de se trouver sous le même toit qu'un mourant, et comme le déclara une dame à une autre : « Ça aurait aussi bien pu être vous ou moi, ma chère. »

Mais c'était seulement Mrs Manstey ; et elle mourait comme elle avait vécu, solitaire sinon seule. Le médecin avait fait venir une infirmière qualifiée, et Mrs Sampson entrait de temps à autre dans la chambre, sur la pointe des pieds ; mais toutes deux semblaient à Mrs Manstey aussi lointaines et désincarnées que les visions d'un rêve. Elle ne dit rien de toute la journée ; et, quand on lui demanda l'adresse de sa fille, elle refusa en secouant la tête. Parfois, l'infirmière avait l'impression qu'elle tendait l'oreille à un bruit qui ne se produisait pas ; puis elle s'assoupissait de nouveau.

À la pointe du jour, elle était très faible. L'infirmière appela Mrs Sampson ; elles se penchèrent vers la vieille femme quand elles la virent remuer les lèvres.

« Faites-moi lever... sortez-moi du lit », chuchotait-elle.

Elles la soulevèrent dans leurs bras et, d'un doigt raide, elle montra la fenêtre.

« Oh, la fenêtre... elle veut s'asseoir à la fenêtre. Elle y restait toute la journée, expliqua Mrs Sampson. Ça ne peut pas lui faire de mal, je suppose ?

— Plus rien ne peut changer, maintenant », répondit l'infirmière.

Elles portèrent Mrs Manstey jusqu'à la fenêtre, et l'assirent dans son fauteuil. Le soleil se levait – une aube radieuse de printemps. Le clocher captait déjà un rayon doré, mais le magnolia et le marronnier étaient encore plongés dans l'ombre. Tout était tranquille dans la cour de Mrs Black. Les poutres carbonisées du balcon étaient restées là où elles étaient tombées. Visiblement, les ouvriers n'avaient pas repris leurs travaux depuis l'incendie. La vue était sereine. Le magnolia avait épanoui quelques autres fleurs sculpturales.

Mrs Manstey avait de la peine à respirer ; cela lui devenait à chaque moment plus difficile. Elle tenta de faire ouvrir la fenêtre ; mais elle ne fut pas comprise. Si elle avait pu goûter à cet air parfumé par l'odeur pénétrante de l'ailante, elle aurait mieux respiré ; mais au moins il y avait la vue – le clocher était entièrement doré, la couleur perlée des cieux avait viré au bleu intense, la journée s'étendait d'est en ouest, le magnolia prenait maintenant le soleil.

Mrs Manstey rejeta la tête en arrière ; elle mourut en souriant.

Les travaux d'agrandissement reprirent le jour même.

1891

LA PLÉNITUDE DE LA VIE

I

Depuis des heures elle était plongée dans une sorte de douce torpeur, pareille à cette délicieuse lassitude qu'on éprouve au cœur d'un midi d'été, lorsque la chaleur fait taire jusqu'aux oiseaux et aux insectes et que, enfoncé dans les herbes vrillées d'un pré, on contemple par-delà un auvent dense de feuilles d'érable l'étendue inexpressive d'un azur sans nuages. De temps à autre, à des intervalles de plus en plus espacés, un élancement de douleur la traversait comme le ferait un éclair de chaleur dans un ciel semblable ; mais c'était une secousse trop rapide pour la sortir de cette stupeur calme, exquise, insondable dans laquelle elle se sentait profondément sombrer, sans opposer de résistance, ni tenter de s'accrocher aux bords fuyants de sa conscience.

L'effort de résistance avait connu son heure de violence ; mais à présent il succombait. Elle avait eu l'esprit longuement harcelé par des visions grotesques, des images fugaces de la vie qu'elle menait, des bribes obsédantes de poèmes, des fragments persistants de tableaux qu'elle avait pu voir, des impressions confuses de fleuves, de tours, de dômes surgis d'anciens voyages à moitié oubliés – mais à présent elle n'éprouvait plus que quelques sensations primaires de bien-être insipide, et une vague satisfaction à l'idée qu'elle avait absorbé la dernière gorgée de son infect médicament… et qu'elle n'entendrait plus jamais le grincement des bottes de son mari… ces horribles bottes… et que personne ne viendrait plus l'ennuyer avec le dîner du lendemain… ou la note du boucher…

Ces sensations déjà floues finirent par se fondre dans l'obscurité qui s'épaississait autour d'elle ; un crépuscule déployant interminablement devant son regard sa voûte striée de rose pâle, puis s'assombrissant jusqu'au bleu-noir d'une nuit d'été sans étoiles. Et, dans ces ténèbres, elle se sentit flotter en sécurité, comme si elle était soutenue par en dessous. Des eaux montantes soulevaient et caressaient de leur tiède écume son corps las et détendu, recouvrant sa poitrine et ses épaules, puis submergeant avec une implacable douceur son cou et son menton, sa bouche, ses oreilles… Ah, elles montaient trop haut, maintenant !…. L'effort de résistance reparut… Elle avait la bouche pleine… elle étouffait… À l'aide !

« C'est fini », déclara l'infirmière en lui fermant les paupières avec un calme professionnel.

Trois heures sonnèrent. On s'en souvint par la suite. Quelqu'un ouvrit la fenêtre pour laisser entrer une bouffée de cet étrange air neutre qui parcourt la terre entre la nuit et l'aube ; quelqu'un entraîna le mari dans une autre pièce. Il vacilla comme un aveugle, en faisant grincer ses bottes.

II

Elle était, semblait-il, sur un seuil, et pourtant aucune embrasure de porte ne se trouvait devant elle – seulement une vaste perspective de lumière, douce mais pénétrante, un étincellement de myriade d'étoiles formant un délicieux contraste avec les ténèbres caverneuses dont elle venait d'émerger.

Elle avança d'un pas, sans crainte, mais hésitante ; et, ses yeux s'habituant à cette lumière intense et floue, elle distingua peu à peu les contours d'un paysage, d'abord noyés dans le vague opalin des visions vaporeuses de Shelley, puis se dessinant en traits plus nets – ample déroulement d'une plaine ensoleillée, cimes aériennes de montagnes, crayonnage bleuté des arbres sur les courbures –, dans des teintes ineffables évoquant les fonds azurés de Leonardo, quelque chose d'étrange, d'enchanteur, de mystérieux, conduisant le regard et l'imagination dans des régions de plaisirs fabuleux. Elle sentit son cœur battre de surprise et de ravissement, devant les merveilleuses promesses de ces lointains diaphanes.

« La mort n'est donc pas la fin de tout, s'entendit-elle clamer par pure joie. Je l'ai toujours pensé. J'ai cru en Darwin, bien sûr ; et j'y crois encore. Mais même Darwin s'est interrogé sur l'âme… du moins je le crois… et Wallace était un spiritualiste. Et puis il y avait St. George Mivart… »

Son regard se perdit dans l'éloignement éthéré des montagnes.

« Comme c'est beau ! Comme c'est apaisant ! murmura-t-elle. Peut-être maintenant saurai-je vraiment ce que c'est que de vivre. »

Son cœur se mit soudain à battre plus violemment et, levant les yeux, elle s'aperçut que devant elle se tenait l'Esprit de Vie.

« N'as-tu vraiment jamais su ce que c'est que de vivre ? lui demanda l'Esprit de Vie.

— Je n'ai jamais connu, répondit-elle, cette plénitude de vie que nous nous sentons tous capables de connaître ; il y en a eu pourtant des bouffées éparses dans mon existence, comme cette odeur de terre qui parvient parfois aux navigateurs de pleine mer.

— Et qu'appelles-tu la plénitude de la vie ?

— Oh, comment puis-je le dire si vous-même ne le savez pas ? fit-elle d'un ton presque réprobateur. Plusieurs mots sont censés la définir… l'amour et la sympathie sont ceux qu'on emploie le plus souvent, mais je ne suis même pas sûre qu'ils soient appropriés car si peu de gens savent ce qu'ils signifient !

— Tu étais mariée, dit l'Esprit. Tu n'as donc pas trouvé la plénitude de la vie dans le mariage ?

— Oh, mon Dieu, non ! s'écria-t-elle avec un aimable dédain. Mon mariage a été une affaire très incomplète.

— Et pourtant tu aimais beaucoup ton mari ?

— Vous avez employé la formule exacte. Je l'aimais beaucoup, oui, comme j'aimais beaucoup ma grand-mère, et la maison où je suis née, et ma vieille nourrice. Oh, bien sûr, je l'aimais beaucoup, et nous faisions figure de couple très uni. Mais j'ai souvent pensé que la nature d'une femme est semblable à une grande maison avec de nombreuses pièces : il y a le vestibule, que tout le monde traverse pour entrer et pour sortir ; le grand salon, où l'on reçoit les visites formelles ; le petit salon, où les membres de la famille vont et viennent à leur guise ; mais au-delà, bien au-delà, il y a d'autres pièces dont on ne tourne peut-être jamais les poignées de porte ; personne ne sait y aller, personne ne sait où elles mènent ; et dans la chambre la plus reculée, le saint des saints, l'âme se trouve seule dans l'attente d'un bruit de pas qui n'arrive jamais.

— Et ton mari, demanda l'Esprit après un silence, n'est jamais allé au-delà du salon de famille ?

— Jamais ! répondit-elle avec impatience. Et, le pire, c'est qu'il était ravi d'y rester. Il le trouvait magnifique et parfois, tandis qu'il en admirait l'ameublement aussi impersonnel que celui d'un hall d'hôtel, j'avais envie de lui crier : « Idiot, ne devineras-tu donc jamais qu'il y a tout près des chambres pleines de trésors et de merveilles, telles qu'aucun homme encore n'en a jamais vu, des chambres qu'aucun pas n'a franchies, mais dont tu pourrais faire ta demeure, pourvu que tu saches en ouvrir les portes ? »

— Donc, reprit l'Esprit, ces moments dont tu as parlé et qui te parvenaient comme des bouffées éparses de plénitude de vie, tu ne les as pas partagés avec ton mari ?

— Oh, non… jamais. Il était différent. Ses bottes grinçaient, et il faisait toujours claquer la porte quand il sortait, et il ne lisait jamais rien d'autre que des romans de gare et les chroniques sportives des journaux... et... et, bref, nous ne nous sommes absolument pas entendus.

— Alors à quelle influence devais-tu ces exquises sensations ?

— Je ne peux guère le dire. Parfois à un parfum de fleur ; parfois à un vers de Dante ou de Shakespeare ; parfois à un tableau ou à un coucher de soleil, ou à l'une de ces calmes journées en mer, quand on a l'impression d'être niché au creux d'une perle bleue ; parfois, mais rarement, aux paroles de quelqu'un qui se trouvait prononcer sur le moment même ce que je ressentais sans pouvoir l'exprimer.

— Quelqu'un que tu aimais ? demanda l'Esprit.

— Je n'ai jamais aimé personne de cette façon, répondit-elle avec un peu de tristesse. Et je ne pensais pas à une personne particulière, mais à deux ou trois qui, en effleurant une certaine corde de mon être, ont fait retentir une seule note de cette étrange mélodie qui semble sommeiller dans mon âme. Mais il m'est rarement arrivé de devoir ces sensations à des personnes ; et aucune ne m'a procuré un moment de bonheur comparable à celui que j'ai éprouvé un soir dans l'église d'Orsanmichele, à Florence.

— Raconte-moi cela, dit l'Esprit.

— C'était une fin d'après-midi pluvieuse de la semaine de Pâques. Le vent a soudain dispersé les nuages et, lorsque nous sommes entrés dans l'église, les vitraux ont brillé comme des lampes flamboyant dans les ténèbres. Il y avait un prêtre devant le maître-autel, sa chasuble blanche formait une tâche livide dans l'obscurité chargée d'encens, les cierges scintillaient comme des lucioles au-dessus de sa tête. Quelques fidèles étaient agenouillés. Nous nous sommes glissés derrière eux pour nous asseoir sur un banc proche du tabernacle d'Orcagna.

« Curieusement, alors que je connaissais déjà Florence, je n'étais encore jamais entrée dans Orsanmichele. Et c'est dans cette lumière magique que j'ai vu pour la première fois les marches incrustées, les piliers cannelés, les bas-reliefs et le dais sculpté du merveilleux autel. Le marbre, usé et patiné par la subtile main du temps, prenait une indicible teinte rosée, évoquant de loin les colonnes couleur de miel du Parthénon, mais plus mystiques, plus complexes, une teinte produite non pas par le baiser vorace du soleil, mais façonnée par une pénombre cryptique, la flamme des cierges au-dessus des tombes des martyrs, et les rayons du couchant à travers ces vitrages symboliques de chrysoprase et de rubis ; une lumière comme celle qui orne les missels de la bibliothèque de Sienne, ou brûle comme un feu caché dans la madone de Gian Bellini de l'église du Rédempteur, à Venise ; la lumière du Moyen Âge, plus riche, plus solennelle, plus lourde de sens que l'éclat limpide du soleil de Grèce.

« Le silence régnait, hormis les psalmodies du prêtre et parfois le grincement d'une chaise sur les pavés. Et assise là, baignée de cette lumière, absorbée dans la contemplation ravie de ce miracle de marbre dressé devant moi, aussi finement travaillé qu'un coffret d'ivoire enrichi de pierres précieuses et d'or terni, je me suis sentie emportée par un puissant courant, dont la source semblait située à l'origine des choses, et dont les eaux tumultueuses se gonflaient de l'apport des travaux et des passions des hommes. La vie dans toutes ses diverses manifestations de beauté et d'étrangeté exécutait une danse harmonieuse autour de moi, et mes pas reconnaissaient tout chemin qu'avait suivi l'esprit humain.

« Les bosses médiévales du tabernacle d'Orcagna paraissaient se fondre sous mes yeux et retourner à leur forme primitive, comme si le lotus fermé du Nil et l'acanthe grecque se tressaient avec les nœuds runiques et les monstres nordiques à queue de poisson, et toute la beauté et la terreur plastique nées sous la main de l'homme, depuis le Gange jusqu'à la Baltique, se mêlait, palpitante, dans cette apothéose de la Vierge. Et le flot m'a entraînée devant les visages inconnus des civilisations anciennes et les merveilles familières de la Grèce, jusqu'aux tourbillons du Moyen Âge, avec leur bouillonnement de violence et leurs bassins de poésie reflétant le paradis. J'entendais les coups rythmiques des artisans dans les ateliers d'orfèvrerie et sur les murs des églises, les cris partisans des factions armées dans les rues, le grondement d'orgue des vers de Dante, le craquement du bûcher autour d'Arnaud de Brescia, le pépiement des hirondelles auxquelles prêchait saint François, le rire des dames écoutant dans les collines les malices du Décaméron, à l'écart d'une Florence frappée par la peste... J'entendais tout cela et bien plus encore, se joignant dans un étrange unisson à des voix plus anciennes, plus lointaines, tendres ou ardentes, mais fondues en une harmonie si inquiétante qu'elle me faisait penser à un chœur qu'auraient entonné les étoiles juste avant l'aurore. Mon cœur battait à m'étouffer ; les larmes me brûlaient les paupières ; toute cette joie, tout ce mystère m'écrasaient. Je ne comprenais pas les paroles de ce chant, mais je sentais que si j'avais eu à mes côtés quelqu'un qui l'aurait entendu comme moi, nous aurions certainement su le déchiffrer ensemble.

« Puis je me suis tournée vers mon mari, assis près de moi dans une attitude de patient accablement, le regard perdu au fond de son chapeau. Il s'est alors levé, a étiré ses jambes engourdies, et il m'a dit d'un ton léger : "Est-ce que nous ne ferions pas mieux de nous en aller ? Il n'y a pas grand-chose à voir ici, et n'oublie pas que le dîner à la table d'hôte est à six heures et demie." »

Après ce récit, il y eut un long silence. Puis l'Esprit de Vie déclara : « Il y a une compensation pour les besoins comme ceux que tu viens d'exprimer.

— Oh, alors, vous m'avez comprise ? s'écria-t-elle. Dites-moi quelle compensation, je vous en supplie !

— Il est écrit, répondit l'Esprit, que quiconque a cherché en vain sur terre une âme sœur à qui révéler son être intime, la trouvera ici et sera uni à elle pour l'éternité. »

Elle s'exclama de joie. « Ah, vais-je enfin le trouver ? exulta-t-elle.

— Il est ici », dit l'Esprit de Vie.

Elle tourna les yeux et vit un homme dont l'âme (car dans cette étrange lumière elle distinguait l'âme plus nettement que le visage) l'attirait vers lui avec une force irrésistible.

« Êtes-vous vraiment lui ? murmura-t-elle.

— Je suis lui », répondit-il.

Elle lui prit la main et le conduisit vers le parapet qui dominait la vallée.

« Allons-nous descendre, lui demanda-t-elle, dans ce pays enchanteur ? Allons-nous le voir ensemble, à travers les mêmes yeux, et nous confier l'un à l'autre, dans les mêmes mots, ce que nous pensons et ressentons ?

— C'est ce que j'ai espéré et rêvé, répondit-il.

— Quoi ? fit-elle avec jubilation. Vous m'avez donc cherchée, vous aussi ?

— Toute ma vie.

— C'est merveilleux ! Et vous n'avez jamais trouvé dans l'autre monde quelqu'un qui vous comprenne ?

— Jamais complètement… jamais comme vous et moi allons nous comprendre.

— Vous aussi, vous le sentez ! Oh, je suis heureuse ! » soupira-t-elle.

Ils se penchaient, main dans la main, au bord du parapet, contemplant le paysage qui déployait au-dessous d'eux son étendue scintillante et bleutée. L'Esprit de Vie, qui montait la garde sur le seuil, perçut des bribes de leur conversation, lui parvenant comme des oiseaux migrateurs détachés de leur bande par un coup de vent.

« Est-ce que le crépuscule ne vous rend pas…

— Oh, oui ! Mais je n'ai jamais entendu personne le dire. Et vous ?

— Vous souvenez-vous de ce vers dans le troisième chant de l'*Inferno* ?

— Ah, ce vers… il a toujours été mon préféré ! Est-il possible…

— Connaissez-vous la Victoire aptère de la frise…

— Vous voulez dire l'Athéna Nikê, celle qui noue sa sandale ? Alors vous avez sûrement remarqué que tout Botticelli et tout Mantegna sont déjà indiqués dans les plis flottants de sa tunique ?

— N'avez-vous jamais eu l'impression, après un orage d'automne…

— Oui, c'est curieux comme certaines fleurs évoquent certains peintres… le parfum de l'œillet, Leonardo… celui de la rose, Titien… la tubéreuse, Crivelli…

— Je croyais être la seule à y avoir pensé…

— Est-ce qu'il ne vous est jamais venu à l'idée…

— Oh oui, très souvent. Mais je n'aurais jamais imaginé que quelqu'un d'autre…

— Mais vous avez certainement dû ressentir…

— Oh, oui, oui ! Et vous, n'est-ce pas…

— Comme c'est beau ! Comme c'est étrange ! »

Leurs voix se mêlaient comme les murmures de deux fontaines de part et d'autre d'un jardin empli de fleurs. Finalement, avec une sorte de tendre impatience, il se tourna vers elle pour dire : « Mon amour, pourquoi nous attarder ici ? Nous avons l'éternité devant nous. Descendons dans cette admirable contrée. Établissons notre demeure sur une colline bleutée près de la rivière scintillante. »

La main qu'il tenait dans la sienne se retira brusquement, et il sentit qu'un nuage ternissait l'éclat de l'âme de sa compagne.

« Une demeure ? fit-elle en détachant les syllabes. Une demeure pour vous et moi, pour y vivre en toute éternité ?

— Pourquoi pas, mon amour ? Ne suis-je pas l'âme qu'a cherchée la vôtre ?

— Oui… oui, je sais… mais, voyez-vous, une demeure ne peut pas être vraiment une demeure pour moi, à moins…

— À moins ? » répéta-t-il avec étonnement.

Elle ne lui répondit pas mais elle pensa, avec une inconséquence saugrenue : « À moins que vous ne fassiez claquer la porte et craquer vos bottes. »

Mais il lui avait repris la main pour la conduire délicatement vers les marches lumineuses qui descendaient dans la vallée.

« Venez, âme de mon âme ! implora-t-il avec passion. Pourquoi retarder l'instant ? Vous sentez sûrement avec moi que l'éternité même est trop brève pour contenir une félicité comme la nôtre. Il me semble déjà voir notre demeure. Elle est blanche, mon amour, n'est-ce pas, avec des colonnes polies, et une corniche sculptée se découpant dans l'azur. Des bosquets de myrtes et de lauriers, des buissons de roses l'entourent ; mais de la terrasse où nous nous promenons au crépuscule, l'œil parcourt des bois et de fraîches prairies au fond desquelles, masqué par d'antiques frondaisons, un ruisseau serpente pour rejoindre la rivière. À l'intérieur, vos tableaux préférés ornent les murs et les pièces sont tapissées de livres. Par quoi allons-nous commencer ? Venez, aidez-moi à choisir ! Sera-ce *Faust* ou la *Vita nuova*, *La Tempête* ou *Les Caprices de Marianne*, le trente et unième chant du *Paradis*, ou *Épipsychidion* ou *Lycidas* ? Dites-moi, ma chérie, quoi donc ? »

Il s'aperçut qu'elle avait une réponse prête au bord de ses lèvres tremblantes de joie ; mais elle se retint, et garda le silence alors qu'il lui pressait la main.

« Qu'y a-t-il donc ? insista-t-il.

— Attendez un moment, fit-elle enfin d'une voix curieusement hésitante. Dites-moi d'abord, êtes-vous vraiment sûr de vous ? N'y a-t-il personne sur terre dont vous vous souveniez parfois ?

— Pas depuis que je vous ai vue », répondit-il. Car, étant un homme, il avait naturellement oublié.

Elle resta immobile, et l'ombre parut s'intensifier sur son âme.

« Allons, mon amour, ce n'est tout de même pas cela qui vous tourmente ? fit-il d'un ton fâché. Pour ma part, j'ai traversé le Léthé. Le passé a fondu comme un nuage devant la lune. Je n'ai pas vécu avant de vous rencontrer. »

Elle ne répondit pas à ces arguments. Au lieu de cela, avec un effort manifeste, elle s'éloigna de lui pour s'avancer vers l'Esprit de Vie, qui se tenait toujours sur le seuil.

« Je voudrais vous poser une question, fit-elle d'une voix troublée.

— Pose-la, dit l'Esprit.

— Il y a peu de temps, commença-t-elle en hésitant, vous m'avez dit que toute âme qui n'a pas trouvé d'âme sœur sur terre est destinée à en trouver une ici.

— Et tu n'en as pas trouvé une ? demanda l'Esprit.

— Si. Mais en sera-t-il de même pour l'âme de mon mari ?

— Non, répondit l'Esprit de Vie. Car ton mari s'est imaginé trouver en toi son âme sœur sur terre. Et l'éternité n'offre aucun remède contre de pareilles illusions. »

Elle poussa un petit cri. Était-ce de dépit ou de victoire ?

« Alors... alors que va-t-il se passer quand il arrivera ici ?

— Cela, je ne peux pas te le dire. Il trouvera sans doute une manière d'être heureux, un champ d'activité à la mesure de ses dons et de sa capacité au bonheur... »

Elle le coupa avec une sorte de fureur : « Il ne sera jamais heureux sans moi !

— N'en sois pas trop sûre », dit l'Esprit.

Elle ne trouva rien à répliquer à cela et l'Esprit poursuivit : « Il ne te comprendra pas mieux ici que sur terre.

— Peu importe ! fit-elle. Je serais la seule à en souffrir, car il a toujours pensé qu'il me comprenait.

— Ses bottes grinceront toujours...

— Peu importe !

— Et il fera claquer la porte...

— Très probablement.

— Et il lira toujours des romans de gare... »

Elle rétorqua avec humeur : « Beaucoup d'hommes font pire que ça !

— Mais il m'a semblé comprendre, dit l'Esprit, que tu n'étais pas amoureuse de lui.

— C'est vrai, répondit-elle avec simplicité. Mais ne comprenez-vous pas que je ne me sentirais pas chez moi sans lui ? C'est très bien pour une semaine ou deux... mais pour l'éternité ! Après tout, le grincement de ses bottes ne m'a jamais gênée, sauf quand j'avais mal à la tête, et je ne pense pas que j'aurai mal à la tête ici ! Et il s'excusait toujours d'avoir fait claquer la porte, seulement il ne se souvenait jamais de ne pas le faire. Et puis, personne d'autre ne saurait s'occuper de lui, il est tellement démuni ! Son encrier ne serait jamais rempli, et il serait toujours à cours de timbres et de cartes de visite. Il oublierait de faire réparer son parapluie, et de demander le prix avant d'acheter quelque chose. Il ne saurait même pas quels livres lire ! C'était toujours moi qui choisissais, je savais le genre qu'il aimait, des histoires de détective, avec un meurtre et des fausses pistes. »

Elle se tourna brusquement vers son âme sœur, lequel s'était approché pour écouter, plein d'étonnement et de consternation.

« Ne voyez-vous pas, dit-elle, que je ne peux vraiment pas aller avec vous ?

— Mais qu'as-tu l'intention de faire ? lui demanda l'Esprit de Vie.

— Ce que j'ai l'intention de faire ? répéta-t-elle d'un ton outragé. Eh bien, j'ai l'intention d'attendre mon mari, évidemment ! S'il était arrivé ici le premier, il m'aurait attendue des années et des années. Et il aurait le cœur brisé de ne pas me trouver ici à son arrivée. » Elle montra d'un geste dédaigneux l'étendue magique de la vallée ondulant jusqu'aux montagnes translucides. « Il se moquerait de tout cela comme d'une guigne, dit-elle, s'il ne m'y retrouvait pas !

— Mais songe bien, prévint l'Esprit, que tu choisis maintenant pour l'éternité. Le moment est solennel.

— Choisir ! fit-elle avec un sourire chagrin. Est-ce qu'on maintient ici cette vieille lubie, choisir ? J'aurais cru que vous en saviez un peu plus long là-dessus. Que puis-je y faire ? Il s'attendra à me trouver ici quand il arrivera, et il ne vous croira jamais si vous lui dites que je suis partie avec quelqu'un d'autre… jamais, jamais !

— Qu'il en soit ainsi ! déclara l'Esprit. Ici, comme sur terre, chacun décide de son destin. »

Elle se tourna de nouveau vers son âme sœur, et lui adressa un regard affable, presque nostalgique. « Je regrette, dit-elle. J'aurais aimé parler un peu plus avec vous. Mais vous comprendrez, je le sais, et je suppose que vous trouverez quelqu'un de bien plus intelligent… »

Et, sans attendre sa réponse, elle lui fit un signe d'adieu, puis revint vers le seuil.

« Est-ce que mon mari arrivera bientôt ? demanda-t-elle à l'Esprit de Vie.

— Tu n'es pas destinée à le savoir, répondit l'Esprit.

— Peu importe ! fit-elle gaiement. J'ai toute l'éternité pour attendre. »

Assise seule sur le seuil, elle est encore à l'affût d'un grincement de bottes.

1893

LE TABLEAU MOUVANT[1]

I

La nouvelle du décès de Mrs Grancy me frappa comme une énorme bévue – un coup du sort barbare et irréparable. C'était comme si toutes sortes de forces rénovatrices avaient été paralysées par le blocage d'une roue. Mrs Grancy ne contribuait pourtant pas à l'élan de la machine sociale : son unique mérite était d'emplir à la perfection sa place particulière dans le monde. Bien des personnes sont comme des statues mal conçues, qui débordent de leur niche ou bien y paraissent perdues. La niche de Mrs Grancy était la vie de son mari ; on pouvait objecter que ses dimensions n'étaient pas propres à former un grand espace vacant, mais il fallait en fin de compte les mesurer selon des critères bien plus subtils que ceux de l'utilité concrète. En un mot, la vie de Ralph Grancy était une sorte d'utilité désincarnée : une de ces influences constructives qui, au lieu de se cristalliser en formes précises, restent pour ainsi dire un véhicule de pensée claire et de juste sentiment. Ralph Grancy irriguait soigneusement son lopin de vie aride, et cette féconde humidité se répandait bien au-delà de ses limites. Et si, pour poursuivre cette métaphore, son existence était un enclos cultivé avec zèle, sa femme était la fleur qu'il avait plantée au milieu – ou plutôt l'arbre épanoui dont l'ombre permettait le repos, et les branchages l'envolée des rêves.

Chacun de nous – dans sa petite bande d'amis dévoués – crut à un moment donné que Grancy allait disparaître de vue. Il avait

1. Le titre original, *The Moving Finger*, fait référence à un rubayyat d'Omar Khayam, dans la célèbre traduction d'Edward FitzGerald. C'est le doigt mouvant du destin, et ni la piété, ni l'intelligence, ni les larmes ne peuvent effacer un seul mot de ce qu'il a écrit.

The Moving Finger writes ; and having writ
Moves on ; nor all thy Piety nor Wit
Shall call it back to cancel half a Line,
Nor all thy Tears wash out a Word of it.

Nos remerciements à Barbara Bray. *(N.d.T.)*

subi une série d'ennuis stupides – mauvaise santé, pauvreté, incompréhension et, pis que tout pour un homme de sa nature, l'égoïsme tendrement insidieux de sa première femme. Nous l'avions vu sombrer sous l'étreinte de plomb de son affection, comme un baigneur emporté par une lame de fond ; cependant, à l'instant même où nous désespérions, il refit surface, comme toujours, aveuglé, pantelant, mais nageant vigoureusement en direction du rivage. Émergeant seul, il montrait des brindilles sèches et rabougries, comme une plante qu'on a traitée contre un parasite. Mais, peu à peu, il se couvrit de nouvelles feuilles ; et quand nous vîmes la dame qui devait devenir sa deuxième femme – sa seule vraie femme, estimèrent ses amis –, nous nous aperçûmes que tout son être allait se mettre à fleurir.

La deuxième Mrs Grancy avait passé la trentaine lorsqu'il l'épousa, et elle avait manifestement récolté cette moisson de joies de la maturité qui germe dans les désespoirs de jeunesse. Si elle avait perdu l'éclat de ses dix-huit ans, elle en avait conservé la lumière intérieure ; si ses joues n'avaient plus leur fraîcheur juvénile, ses yeux brillaient de toute l'ardeur d'une jeunesse gardée en réserve. Grancy avait fait sa connaissance en Orient – je crois qu'elle était la sœur d'un de nos consuls là-bas – et quand il la ramena à New York, elle fit figure d'étrangère parmi nous. L'idée du remariage de Grancy nous avait tous choqués. Après s'être si gravement brûlés, la plupart des hommes se seraient tenus à l'écart du feu ; mais nous nous disions que notre ami était destiné aux bévues sentimentales, et nous attendions avec résignation l'incarnation de sa dernière erreur. Puis Mrs Grancy arriva – et nous comprîmes. Elle était la plus belle et la plus complète des explications. Nous nous défîmes de notre omniscience et l'enterrâmes promptement sous notre accueil exubérant. Pour la première fois depuis des années, Grancy ne nous inspirait pas de souci. « Il va faire quelque chose de grand maintenant ! » prophétisa le moins optimiste d'entre nous ; à quoi le plus sentimental répliqua : « Il l'a déjà fait… en l'épousant ! »

Ce fut Claydon, le peintre, qui risqua cette hyperbole ; et qui, peu après, sur la demande de l'heureux époux, s'apprêta à l'illustrer dans un portrait de Mrs Grancy. Nous étions tous – même Claydon – prêts à concéder que la singularité de Mrs Grancy était, en un certain sens, une affaire d'environnement. Ses grâces demandaient à être complétées, et il fallait l'appel d'un partenaire pour que se révélassent des couleurs éclatantes sous les teintes neutres des ailes. Mais si elle avait besoin de Grancy pour l'interpréter, elle lui rendait un bien plus grand service ! Claydon disait qu'elle était le cadre parfait pour son mari ; si elle le délimitait, elle l'agrandissait aussi ; si elle le plaçait en perspective, elle dégageait du terrain pour lui, ouvrait de nouveaux horizons, reconquérait des domaines entiers d'activité restés en jachère sous la dure loi de la privation. Cette interaction de sympathies n'était pas sans manifestation visible. Claydon n'était pas le seul à affirmer que la présence de Grancy – et même la simple mention de son nom – avait un effet sensible sur l'aspect de sa femme. C'était comme si on projetait une lumière, comme si on levait un rideau, comme si, pour emprunter à Claydon ses métaphores, l'Amour, artiste infatigable, cherchait sans cesse une « pose » plus heureuse pour son modèle. À cette lueur interprétative, Mrs Grancy acquit le charme qui rend le visage de certaines femmes pareil à un livre dont la dernière page n'est jamais tournée. Il y avait toujours quelque chose à lire dans ses yeux. Ce que Claydon y lut – ou du moins les bribes éparses du rite telles qu'elles lui parvinrent à travers les portes du sanctuaire –, son portrait nous le révéla en temps voulu. Quand le tableau fut exposé, on le salua aussitôt comme son chef-d'œuvre ; mais les personnes qui connaissaient Mrs Grancy dirent, avec un sourire, qu'elle était flattée. Toutefois, Claydon n'avait pas entrepris de représenter *leur* Mrs Grancy, ni même la nôtre, mais celle de Ralph ; et Ralph la reconnut comme sienne au premier regard : il s'aperçut tout de suite que Claydon avait compris. Quant à Mrs Grancy, quand elle vit le tableau achevé, elle déclara simplement au peintre : « Ah, vous m'avez tourné le visage vers l'est ! »

Ce portrait, avec tous ses mérites, parut un simple incident dans le développement de leur double destinée, une note en bas du texte enluminé de leurs vies. Ce ne fut que par la suite qu'il acquit la signification des dernières paroles prononcées sur un seuil destiné à ne plus jamais être franchi. Grancy, un an après son mariage, avait renoncé à sa maison de ville pour transporter leur bonheur à une heure de trajet, dans une petite propriété au milieu des collines. Des obligations diverses le ramenaient souvent à New York, mais nous le voyions évidemment moins que lorsque son logis servait de point de ralliement pour nos discussions enflammées. Nous regrettions d'être dépossédés d'une pareille influence, mais nous comprenions qu'il eût des arriérés de bonheur à rattraper en nouvelle monnaie. La distance à partir de laquelle le couple irradiait sa bonne fortune n'était pas trop grande pour être franchie par l'amitié ; et notre idée d'un loisir privilégié prit la forme de dimanches passés dans la bibliothèque de Grancy, avec sa vue reposante sur la campagne et ses murs studieux illuminés par le portrait de Mrs Grancy. Le tableau était mis en valeur par le décor ; et nous accusâmes Claydon de ne rendre visite à Mrs Grancy que pour revoir son portrait. Il rétorqua que le portrait *était* Mrs Grancy ; et il y eut des moments où cet argument nous parut indubitable. L'un de nous – je crois que c'était le romancier – affirma même que Claydon avait pu éviter de tomber amoureux de Mrs Grancy parce qu'il était tombé amoureux du portrait qu'il en avait fait ; et, en effet, lui qui d'habitude considérait une œuvre achevée comme une simple enveloppe d'où se dégagerait un nouveau tableau, manifestait une tendresse persistante pour cette toile particulière. Nous devions souvent sourire au souvenir de Mrs Grancy dans la bibliothèque, sa présence se reflétant dans nos conversations comme un ciel radieux dans un torrent, et Claydon se détournant de la femme réelle comme s'il écoutait son portrait. Cette attitude, sur le moment, semblait simplement relever de la singularité de ces après-midi pittoresques, qui métamorphosaient magiquement les rapports les plus courants. Certains bonheurs humains sont comme un lac encaissé ; mais celui des Grancy était une pleine mer, offrant une surface porteuse et illimitée aux intérêts voyageurs de la vie. Il y avait, sur ces eaux, de l'espace pour toutes nos aventures respectives ; et toujours, derrière l'horizon, un mirage d'îles fortunées vers lesquelles étaient tendues nos proues.

II

Ce fut à Rome que, trois ans plus tard, j'appris qu'elle était morte. La notice précisait : « brusquement » ; j'en fus heureux. Je fus également heureux – lâchement, peut-être – d'être loin de Grancy à un moment où le silence aurait paru borné et la parole dérisoire.

J'étais encore à Rome lorsque, quelques mois après, il arriva soudain. Il avait été nommé secrétaire de légation à Constantinople, et il était en chemin vers son poste, qu'il avait accepté, dit-il franchement, pour « prendre ses distances ». Nos relations avec la Porte du Levant lui promettaient un rude travail, et c'était ce dont il avait besoin, avoua-t-il. Il ne pourrait jamais se satisfaire de rester assis au milieu de ruines. Je m'aperçus que, comme la plupart d'entre nous dans les moments d'extrême tension morale, il prenait une attitude, il se comportait comme il pensait qu'on devait le faire en face d'un désastre. La posture instinctive du chagrin est un compromis instable entre l'incrédulité et la prostration ; et l'orgueil incite à affronter plus dignement un pareil ennemi. Grancy, par nature rêveur et introverti, avait endossé le rôle d'un homme d'action, qui rend coup pour coup et oppose un front d'airain aux revers du destin ; et la solidité de son armure témoignait de sa fragilité intérieure.

Mon propre travail me rappela bientôt au pays, mais Grancy resta plusieurs années en Europe. La diplomatie internationale tint sa promesse de lui fournir un rude travail, et durant l'année où il fit office de *chargé d'affaires*[1], dans des conditions éprouvantes, il s'acquitta de sa tâche avec une discrétion et un zèle notables. Mais un changement de gouvernement lui ôta son poste au moment où il venait de démontrer son efficacité et, l'été suivant, j'appris qu'il était rentré pour se réinstaller dans sa maison de campagne.

1. En français dans le texte. *(N.d.T.)*

Dès que je fus de retour en ville, je lui écrivis et il me répondit par retour de courrier. Il avait pour ainsi dire retrouvé sa voix naturelle, et il me priait de venir passer le dimanche suivant avec lui, en me suggérant d'emmener avec moi tous les membres de notre ancienne bande que je pourrais convaincre. Je pris cela pour un signe favorable et pourtant – l'admettrai-je ? – j'étais vaguement déçu. Peut-être avons-nous tendance à vouloir que les chagrins de nos amis soient entretenus comme ces monuments historiques périodiquement nettoyés de leur lierre grimpant.

Le soir même, au club, je tombai sur Claydon. Je lui fis part de l'invitation de Grancy, et lui proposai de s'y rendre avec moi ; mais il invoqua un engagement antérieur. Je le regrettai, car j'avais toujours senti que lui et moi étions plus proches de Ralph que les autres, et s'il fallait renouveler les anciens dimanches, j'eusse préféré que, pour des retrouvailles, nous fussions tous les deux seuls avec lui. Je le déclarai à Claydon, et lui proposai de m'adapter à ses horaires ; mais il me répondit par un refus encore plus net.

« Je ne veux pas aller chez Grancy », dit-il sans ambages. J'attendis la suite, mais il n'ajouta aucun éclaircissement.

« Vous l'avez vu depuis qu'il est rentré ? » tentai-je finalement.

Claydon opina.

« Et il va donc tellement mal ?

— Mal ? Non, il va très bien.

— Très bien ? Comment est-ce possible ? Ou alors, il est devenu méconnaissable.

— Oh, vous le reconnaîtrez ! » dit Claydon avec une curieuse intonation.

Son ambiguïté commençait à m'exaspérer ; je me sentais exclu d'une information à laquelle j'avais autant droit que lui.

« Vous êtes déjà allé là-bas, si j'ai bien compris ?

— Oui, j'y suis allé.

— Et vous en avez fini l'un avec l'autre... la camaraderie est terminée ?

— Fini l'un avec l'autre ? Si ça pouvait être vrai ! » Il se leva nerveusement et posa la revue dont il avait interrompu la lecture à mon approche. « Écoutez, fit-il en se plantant devant moi, Ralph est le meilleur garçon que je connaisse, et il n'y a rien au monde que je refuserais de faire pour lui... sauf de retourner là-bas ! » Et il sortit précipitamment.

Claydon était suffisamment imprévisible pour que je pusse attribuer à ses paroles une douzaine de sens différents ; mais aucune de mes interprétations ne me satisfit. Je décidai, en tout cas, de ne pas chercher d'autre compagnon ; et, le dimanche suivant, je me rendis seul chez Grancy. Il m'accueillit à la gare et je vis tout de suite qu'il avait changé depuis notre dernière rencontre. Il était en plein combat à l'époque, mais, à présent, si son chagrin et lui-même étaient toujours face à face, ce n'était plus en ennemis. Physiquement, la transformation était aussi marquée, mais moins rassurante. Si l'esprit triomphait, le corps montrait ses cicatrices. À quarante-cinq ans, il était grisonnant et voûté, avec la démarche fatiguée d'un vieil homme. Sa sérénité, cependant, n'était pas la résignation de l'âge. Je sentis qu'il n'avait pas l'intention d'abandonner la partie. Presque aussitôt, il se mit à aborder nos anciens sujets de conversation ; non pas avec effort, comme lors de notre rencontre précédente, mais simplement et naturellement, sur le ton d'un homme dont la vie a repris son cours normal. Je me rappelai, avec un peu de remords, avoir beaucoup douté de ses capacités de rétablissement ; mais mon admiration pour sa force en réserve était maintenant teintée de l'idée qu'un bonheur comme il en avait connu devait sûrement avoir été payé jusqu'au dernier sou. Ce sentiment grandit à mesure que nous approchions de la maison, et je découvris à quel point sa femme était inextricablement mêlée à mon souvenir de l'endroit : à quel point l'ensemble de ce décor n'était qu'une extension de cette présence vivace.

À l'intérieur, rien n'avait changé, et ma main n'eût pas été surprise d'être chaleureusement saisie par celles de Mrs Grancy. C'était l'heure du déjeuner et mon ami me conduisit aussitôt dans la salle à manger, et les murs, les meubles, la vaisselle, les couverts semblaient un miroir où un moment plus tôt s'était reflété le visage de sa femme. Je me demandais si, sous la tranquillité retrouvée de son sourire, il dissimulait la même sensation de proximité, s'il voyait continuellement entre lui-même et la réalité le fantôme radieux et inapaisé de la disparue. Il parla d'elle une ou deux fois, avec naturel, d'une façon fortuite, et le nom qu'il prononça parut se propager dans l'air comme la vibration d'une corde. S'il ressentait sa présence, c'était manifestement comme un milieu enveloppant, l'atmosphère morale dans laquelle il respirait. Devant lui, j'éprouvais pour la première fois d'une façon palpable la survivance des morts.

Après le déjeuner nous sortîmes faire une longue promenade dans les champs et les bois automnaux, et le soir tombait quand nous rentrâmes dans la maison. Grancy me conduisit dans la bibliothèque où, à cette heure, sa femme nous avait toujours accueillis près d'un feu vif et d'une tasse de thé. La pièce était orientée à l'ouest et elle profitait des lueurs du crépuscule quand le reste de la maison était déjà sombre. Je me souvins que Mrs Grancy paraissait très jeune dans ces rayons d'or pâle qui illuminaient ses yeux et ses cheveux, ou soulignaient sa taille juvénile quand elle passait devant la fenêtre. De toutes les pièces, la bibliothèque avait été la plus particulièrement attachée à elle, et je m'attendis presque à voir sa présence prendre corps. Puis, tout d'un coup, quand Grancy ouvrit la porte, cette impression disparut et je sentis sur le seuil une sorte de résistance. Je regardai autour de moi. La pièce avait-elle été transformée ? Une main sacrilège avait-elle effacé les traces de la disparue ? Non, là non plus, rien n'était changé. Mes pieds s'enfoncèrent dans le même Daghestan de haute laine ; les rayonnages de livres captaient les reflets du feu sur les mêmes rangées de riches reliures patinées ; le fauteuil de la défunte se trouvait à son ancienne place près de la table de thé ; et, sur le mur opposé, son visage me fixait.

Son visage – mais était-ce bien le sien ? Je m'approchai et levai les yeux vers le portrait. Le regard de Grancy avait suivi le mien et je l'entendis venir à côté de moi.

« Vous voyez un changement ? me demanda-t-il.

— Que voulez-vous dire ? fis-je.

— Je veux dire... que cinq années se sont écoulées.

— Pour elle ?

— Pourquoi pas ? Regardez-moi ! » Il montra du doigt ses cheveux gris et ses tempes ridées. « Qu'est-ce qui lui conservait sa jeunesse, selon vous ? C'était le bonheur ! Mais, maintenant... » Il lui adressa un regard d'une infinie tendresse. « Je l'aime mieux ainsi, dit-il. C'est ce qu'elle aurait souhaité.

— Souhaité quoi ?

— Vieillir avec moi. Vous imaginez-vous qu'elle aurait voulu rester à la traîne ? »

Je me trouvai sans voix, mes yeux comparant le visage ravagé de Grancy au portrait qui nous dominait. La figure peinte n'était pas aussi ridée que celle de mon ami ; mais une sorte de voile semblait le ternir. Les cheveux avaient perdu leur éclat, les joues leur fraîcheur, le front sa limpidité : cette femme s'était fanée.

Grancy posa sa main sur mon bras. « Cela ne vous plaît pas ? dit-il avec tristesse.

— Me plaire ? Je ne la reconnais pas... je l'ai perdue ! clamai-je.

— Et moi je l'ai trouvée ! répliqua-t-il.

— Dans ça ? m'écriai-je avec un geste réprobateur.

— Oui, dans ça. » Il se tourna vers moi d'un air de défi. « L'autre était devenue une imposture, un mensonge ! Voici ce dont elle aurait eu l'air... ce dont elle a l'air, veux-je dire. Claydon devait bien le savoir, non ? »

Je sursautai. « Claydon a fait cela pour vous ? »

Grancy hocha la tête.

« Après votre retour ?

— Oui. Je l'ai fait venir une semaine après mon arrivée... »

Il s'écarta pour aller ranimer le feu. Je le suivis, heureux de m'éloigner du tableau.

Puis il se jeta dans un fauteuil près de l'âtre ; les flammes jouaient sur son visage mobile et sensible. Il rejeta la tête en arrière, protégea ses yeux avec sa main, et se mit à raconter.

III

« Vous, mes amis, vous avez assez connu ma vie précédente pour supposer ce que mon deuxième mariage a signifié pour moi. Je dis supposer, car personne ne pourrait comprendre... vraiment. J'ai toujours eu un côté féminin, j'imagine : le besoin d'un regard qui voie le monde comme moi, d'un pouls qui batte au même rythme que le mien. La vie est évidemment une grande chose, un spectacle magnifique ; mais j'étais tellement fatigué de la regarder seul ! Et puis, c'est toujours bon de vivre, et je connaissais toutes sortes de bonheur... du genre évolué. Mais je n'avais jamais goûté à cette félicité inconsciente qu'on respire comme l'air.

« Eh bien... je l'ai trouvée. C'était comme découvrir les cieux sous lesquels j'étais fait pour vivre. Vous savez ce qu'elle était... son pouvoir de multiplier infiniment les points de contact avec la vie, d'éclairer les cavernes et de jeter des ponts sur les abîmes ! Il se peut que le sens de ces choses ait été inné en moi, mais je vous jure que, lorsque je rentrais à la maison en fin de journée, ma seule idée en ouvrant la porte était de la voir assise sous la lampe, dans une lumière captée par une petite mèche bouclant dans son cou. Quand Claydon a fait son portrait, il a saisi exactement le regard qu'elle levait vers le mien quand j'entrais... je m'étonne parfois qu'il ait pu deviner l'expression qu'elle avait quand j'étais seul avec elle. Comme son portrait m'a ravi ! Je lui disais souvent : « Tu es ma prisonnière, maintenant... tu ne m'échapperas jamais. Si tu te fatigues de moi et que tu me quittes, ta véritable personnalité restera ici, sur le mur ! » Une de nos plaisanteries habituelles était de prétendre qu'elle allait me quitter.

« Trois années ainsi... et puis elle est morte. Ç'a été tellement brutal... elle n'est passée par aucune modification, aucune dégradation. Elle s'est simplement fixée, soudain immuable comme son propre portrait ; le Temps pour elle s'est interrompu à son moment le plus heureux, de la même façon que Claydon a un beau jour posé son pinceau en disant : « Je ne peux pas faire mieux. »

« Je suis parti, comme vous savez, et je suis resté cinq ans à l'étranger. J'ai travaillé aussi dur que possible, et après plusieurs mois sombres une petite lumière est tombée sur moi. Ayant d'abord pensé qu'elle se serait intéressée à ce que je faisais, j'ai commencé à me dire qu'elle s'y intéressait... qu'elle était là, et qu'elle savait. Je ne parle pas de balivernes spirites... j'essaie simplement d'exprimer ma certitude qu'une influence aussi riche et puissante que la sienne ne pouvait pas cesser soudain, comme une averse de printemps. Chacun de nous deux avait tellement vécu dans le cœur et l'esprit de l'autre, que la conscience de ce qu'elle aurait pensé et senti illuminait tout ce que je faisais. Au début, elle s'est approchée timidement, prudemment, comme si elle n'était pas sûre de me trouver ; puis elle est restée de plus en plus longtemps, jusqu'à devenir enfin l'air même que je respirais. J'ai connu de mauvais moments, bien sûr, où sa proximité semblait me narguer avec la perte de la femme réelle ; mais peu à peu la distinction entre les deux s'est effacée et le seul fait de penser à elle a pris la chaleur de la chair et de la vie.

« Et puis je suis rentré. J'ai débarqué un matin et je suis aussitôt venu ici. J'étais hanté par l'idée de revoir son portrait et, quand j'ai ouvert la porte de la bibliothèque, mon cœur battait comme celui d'un amant. C'était l'après-midi, et la pièce était baignée de lumière. Elle tombait sur son tableau... le tableau d'une jeune femme radieuse. Elle me souriait froidement à travers la distance qui nous séparait. J'avais le sentiment qu'elle ne me reconnaissait même pas. Alors je me suis vu dans le miroir, à côté... un homme brisé et grisonnant qu'elle n'avait jamais connu !

« Nous avons vécu ainsi durant une semaine... un homme et une femme étrangers l'un à l'autre. Chaque soir, je restais assis en face d'elle pour interroger son visage souriant ; mais je n'obtenais jamais aucune réponse. Que savait-elle de moi, en somme ? Nous étions irrévocablement séparés par les cinq années de mon existence qui s'étendaient entre nous. Par moments, en la regardant, il m'arrivait de la détester ; car sa présence avait fait fuir mon doux fantôme, la femme réelle qui avait pleuré, vieilli, lutté avec moi durant ces affreuses années. Puis, progressivement, j'ai commencé à remarquer un air de tristesse dans les yeux du portrait ; un regard qui semblait dire : « Ne vois-tu pas que je me sens seule, moi aussi ? » Et, tout d'un coup, j'ai compris qu'elle aurait détesté rester à la traîne ! Je me suis souvenu qu'elle avait comparé la vie à un gros livre qu'on ne peut lire facilement que si l'on est deux pour le tenir ; et j'ai pensé à l'ardeur avec laquelle elle aurait tourné les pages placées devant nous. Donc, cette idée m'est venue : « C'est le tableau qui s'interpose entre nous ; ce portrait est mort, mais non ma femme. Rester près de lui est comme veiller un cadavre. » Tandis que ce sentiment s'imposait à moi, j'ai vu ce tableau comme un magnifique mausolée où on l'avait enterrée vivante : j'avais l'impression de l'entendre frapper la toile pour appeler faiblement à l'aide.

« Un beau jour, je me suis aperçu que je ne pouvais plus supporter cela et j'ai fait venir Claydon. Je lui ai expliqué ce par quoi j'étais passé, et ce que j'attendais de lui. D'abord, il a refusé tout net de toucher au tableau. Le lendemain matin, je suis sorti faire une longue promenade et, à mon retour, je l'ai trouvé assis dans la bibliothèque. Il m'a regardé fixement, puis il m'a déclaré : « J'ai changé d'avis ; je vais le faire. » J'ai transformé en une sorte d'atelier une pièce orientée au nord, et il s'y est enfermé toute une journée ; puis il m'a fait appeler. Le tableau était tel que vous le voyez maintenant… c'était comme si elle m'accueillait sur le seuil et me prenait dans ses bras ! J'ai essayé de le remercier, de lui dire ce que cela signifiait pour moi, mais il m'a coupé la parole.

« “Il y a un train à cinq heures, n'est-ce pas ? » m'a-t-il demandé. “J'ai un dîner en ville ce soir. J'ai tout juste le temps de foncer vers la gare. Vous ferez suivre mes affaires. » Je ne l'ai pas revu depuis.

« Je peux imaginer ce qu'il lui a coûté de toucher à son chef-d'œuvre ; mais il n'a perdu qu'un tableau, tandis que moi j'ai retrouvé ma femme ! »

IV

Dès lors, durant une dizaine d'années, j'assistai à l'étrange spectacle d'une vie d'efforts confiants et fructueux fondés sur l'édification d'un rêve. Pour ceux qui virent Grancy durant cette période, il ne faisait aucun doute qu'il tirait sa force et son courage du sentiment mystique de la participation de la défunte à ses entreprises. J'allai le voir quelques mois après notre étonnant entretien, et je découvris que le portrait avait été enlevé de la bibliothèque pour être accroché dans un petit salon à l'étage, où il avait transporté son bureau et quelques livres. Il me dit qu'il s'installait toujours là quand il était seul, et qu'il réservait la bibliothèque pour ses visiteurs du dimanche. Ceux qui remarquaient l'absence du portrait ne posaient naturellement aucune question, et ceux qui étaient dans le secret le respectaient. Ses vieux amis revenaient peu à peu, et nos dimanches après-midi reprirent un peu de leur ancien caractère ; mais Claydon ne reparut pas parmi nous.

En y réfléchissant maintenant, je me dis que Grancy avait dû décliner depuis son retour au pays. Son humeur optimiste était trompeuse ; elle masquait des signes de faiblesse qui se révélèrent plus tard dans mon souvenir. Il semblait disposer d'une inépuisable réserve de vie, et plus d'un parmi nous recevait les dividendes de cette surabondance.

Toutefois, un été, à un de mes retours de vacances en Europe, apprenant qu'il avait failli mourir, je compris aussitôt que, si nous avions cru qu'il allait bien, c'était uniquement parce que nous le désirions.

Je me précipitai à la campagne, et je le trouvai au milieu d'une lente convalescence. Je sentis alors qu'il était perdu pour nous, et il lut ma pensée dans mon regard.

« Ah ! fit-il. Je suis vieux maintenant, ça ne fait aucun doute. J'imagine que nous allons devoir ralentir après cela. Mais nous n'aurons tout de même pas besoin d'être remorqués ! »

Ce pronom pluriel me frappa, et je levai instinctivement les yeux vers le portrait de Mrs Grancy. Et je vis ma crainte reflétée dans tous ses traits. C'était le visage d'une femme qui savait que son mari allait mourir. Mon cœur se noua à l'idée de ce que Claydon avait fait.

Grancy avait suivi mon regard. « Oui, ça l'a changé, dit-il tranquillement. Durant des mois, voyez-vous, j'ai été entre la vie et la mort... nous avons longuement lutté, et ç'a été pire pour elle que pour moi. » Après une pause, il ajouta : « Claydon a été très aimable. Il est tellement occupé que je le vois très rarement, mais lorsque je l'ai fait appeler l'autre jour, il est venu tout de suite. »

Je ne répondis rien, et nous ne parlâmes plus de sa maladie ; mais, lorsque je pris congé, j'eus l'impression de l'enfermer seul avec son arrêt de mort.

Le lendemain, je m'aperçus qu'il allait beaucoup mieux. C'était un dimanche, et il me reçut dans la bibliothèque, et donc je ne revis pas le portrait. Grancy continua de se rétablir et, au printemps, nous nous mîmes à croire qu'il pourrait encore, comme il l'avait dit, longtemps voyager sans être remorqué.

Un soir, revenant en ville après une visite qui m'avait pleinement rassuré, je trouvai Claydon dînant seul au club. Il m'invita à me joindre à lui et, au moment du café, notre conversation s'orienta vers son travail.

« Si vous n'êtes pas trop occupé, dis-je enfin, vous devriez prendre le temps de faire un tour chez Grancy. »

Il leva vivement les yeux. « Pourquoi ? demanda-t-il.

— Parce qu'il s'est rétabli, dis-je avec un rien de cruauté. Le pronostic de sa femme était erroné. »

Claydon me regarda fixement. « Non, elle sait, affirma-t-il avec un sourire qui me glaça.

— Vous avez l'intention de laisser le portrait tel qu'il est maintenant ? » insistai-je.

Il haussa les épaules. « Il ne m'a pas encore dit de venir ! »

Un serveur apporta des cigares ; Claydon se leva pour se joindre à un autre groupe.

Une quinzaine de jours plus tard, je reçus de la gouvernante de Grancy un télégramme me priant de venir. Elle m'accueillit à la gare en m'apprenant que « monsieur allait mal » et que les docteurs étaient auprès de lui. Je dus attendre seul dans la bibliothèque déserte l'apparition des médecins. Ils avaient une mine perplexe d'empiristes supplantés par le grand remède à tous les maux ; je les écoutai juste le temps d'apprendre que

Grancy ne souffrait pas, et que ma présence ne pouvait lui faire aucun mal. Et je me précipitai.

Je le trouvai assis dans le fauteuil de son petit bureau. Il me tendit la main en souriant.

« Vous voyez qu'elle avait finalement raison, dit-il.

— Qui ? fis-je, surpris sur le moment.

— Ma femme. » Il montra du doigt le tableau. « Je savais naturellement que dès le début elle n'avait aucun espoir. Je l'ai compris après la visite de Claydon, ajouta-t-il en baissant la voix. Mais d'abord je n'ai pas voulu la croire ! »

Je pris ses deux mains. « Pour l'amour du ciel, ne le croyez pas non plus maintenant ! » le suppliai-je.

Il secoua doucement sa tête. « C'est trop tard, dit-il. J'aurais dû savoir qu'elle le savait.

— Grancy, écoutez-moi ! » repris-je. Mais je m'arrêtai. Que pouvais-je dire pour le convaincre ? Aucun de mes arguments ne pouvait rencontrer les siens. Et, somme toute, il lui serait plus facile de mourir en sentant qu'elle l'avait su. Assez curieusement, je vis que Claydon avait manqué son but.

V

Le testament de Grancy me nomma comme un de ses exécuteurs ; et mon associé, ayant d'autres obligations, me pria de me charger des volontés de notre ami. Cela me mit dans la nécessité d'informer Claydon que le portrait de Mrs Grancy lui avait été légué ; et il me répondit par retour de courrier qu'il ferait aussitôt prendre le tableau. J'étais dans la maison déserte quand on emporta le portrait ; et, après qu'il fut parti, je sentis que la présence de Grancy avait également disparu. Était-ce maintenant à son tour de suivre sa femme, et est-ce qu'un fantôme pouvait en hanter un autre ?

Après quoi, durant un an ou deux, je n'entendis plus parler du tableau ; il m'arrivait parfois de rencontrer Claydon, mais nous n'avions pas grand-chose à nous dire. Je n'avais aucun reproche précis à faire à l'homme, et j'essayais de ne pas oublier qu'il avait fait une belle chose en sacrifiant sa meilleure œuvre à un ami ; mais mon ressentiment avait toute la ténacité de l'irrationnel.

Mais, un beau jour, une dame dont il avait achevé le portrait me pria de venir le voir avec elle. Il m'était impossible de refuser, et j'y allai avec d'autant moins de réticence que je savais ne pas être le seul ami qu'elle avait invité. Les autres étaient déjà groupés devant le chevalet quand j'entrai et, après avoir contribué au concert de louanges, je m'éloignai pour explorer l'atelier. Claydon était une sorte de collectionneur et ses objets valaient en général la peine d'être vus. Son atelier était une longue salle tapissée avec, au bout, une arcade tendue de rideaux. Les rideaux étaient relevés, montrant une petite chambre, avec des livres et des fleurs, et quelques belles pièces de bronze et de porcelaine. La table de thé dressée à cet endroit indiquait qu'on pouvait y entrer – ce que je fis. Mon attention fut d'abord attirée par un vase *bleu poudré*[1] ; puis je me tournai vers un mince Ganymède de bronze et, ce faisant, je me trouvai face à face avec le portrait de Mrs Grancy.

---

1. En français dans le texte. *(N.d.T.)*

Je lui jetai un regard interloqué, et elle m'adressa le sourire radieux d'une jeunesse retrouvée. L'artiste avait effacé toutes les traces de ses précédentes manipulations, et le tableau original avait reparu. Il trônait seul sur le mur lambrissé, affirmant sa suprématie sur son entourage soigneusement choisi. Je sentis aussitôt que toute la pièce en dépendait : que Claydon avait entassé ses trésors au pied de la femme qu'il aimait. Oui – ce qu'il avait aimé, c'était la femme, et non le tableau ; et j'eus ainsi l'explication de mon ressentiment instinctif.

Soudain, je sentis une main sur mon épaule.

« Ah ! Comment avez-vous pu ? m'écriai-je en me tournant vers lui.

— Comment ai-je pu ? répliqua-t-il. Comment n'aurais-je pas pu ! Ne m'appartient-elle pas, maintenant ? »

Je m'écartai avec humeur.

« Attendez un moment ! fit-il avec un geste pour me retenir. Les autres sont partis et je veux vous dire un mot. Oh, je sais ce que vous avez pensé de moi… je peux deviner ! Vous pensez que c'est moi qui ai tué Grancy, n'est-ce pas ? »

Je fus surpris par sa soudaine véhémence. « Je pense que vous avez essayé de faire une chose cruelle, dis-je.

— Ah ! Quelle vue étroite vous avez de la vie, vous autres ! grommela-t-il. Asseyez-vous un instant… là, où vous pourrez la voir… et je vais vous expliquer. »

Il se jeta à côté de moi sur l'ottomane, les yeux levés vers le tableau, les mains croisées sur les genoux.

« Pygmalion, commença-t-il d'une voix lente, transforma sa statue en la réalité d'une femme. Moi, j'ai transformé une femme en la réalité d'un tableau. Piètre compensation, penserez-vous… mais vous ignorez à quel point une femme peut vous appartenir quand vous l'avez peinte. En tout cas, j'ai fait du mieux que j'ai pu… je lui ai donné le meilleur de moi-même. Et, en retour, elle m'a donné ce qu'une femme pareille donne du simple fait qu'elle existe. Et, en somme, elle m'a suffisamment récompensé en me faisant peindre comme plus jamais je ne peindrai. Mais il y avait une chose qui était à moi seul, et c'était sa beauté ; car personne d'autre ne la comprenait. Pour Grancy, cette beauté n'était que l'expression de la femme… comme le langage l'est pour la pensée. En voyant le tableau, il n'a pas deviné mon secret ; il était tellement sûr qu'elle lui appartenait entièrement… comme un homme qui croit posséder la lune parce qu'elle se reflète dans une mare de son jardin.

« Enfin... lorsqu'il est rentré et qu'il m'a prié de modifier le tableau, c'était comme s'il me demandait de commettre un meurtre ! Il voulait que j'en fasse une vieille femme... elle, qui avait été si divinement, si immuablement jeune ! Comme si un homme aimant vraiment une femme pouvait exiger qu'elle soit sacrifiée pour lui ! Je lui ai d'abord répondu que je ne pouvais pas le faire... mais, ensuite, quand il m'a laissé seul avec le tableau, quelque chose d'étrange s'est produit. Je suppose que c'est à cause de mon inexplicable sympathie pour Grancy que je me suis fait violence pour refuser ce qu'il me demandait. En tout cas, tandis que je la contemplais, elle a eu l'air de me dire : « Je ne suis pas à vous mais à lui, et je veux que vous fassiez de moi ce qu'il veut. » Et c'est ce que j'ai fait. J'aurais pu me couper la main après avoir achevé ma tâche... je pense qu'il vous a dit que j'avais décidé de ne plus jamais revenir voir le tableau. Il a cru que j'étais trop occupé... il n'a rien compris.

« Et puis, l'année dernière, il m'a de nouveau fait appeler... vous vous en souvenez. C'était après sa maladie ; il m'a dit qu'il avait vieilli de vingt ans, et qu'il voulait qu'elle vieillisse d'autant... il ne voulait pas qu'elle reste à la traîne. Tous les médecins pensaient qu'il allait se rétablir, et lui aussi le pensait ; et moi aussi, quand je l'ai d'abord vu. Mais quand j'ai regardé le tableau... ah, je ne vous demande pas de me croire ! Mais je jure que le visage de cette femme me disait qu'il était en train de mourir, et qu'elle voulait qu'il le sache ! Elle avait un message pour lui, et elle me chargeait de le transcrire. »

Il se leva brusquement pour s'approcher du tableau. Puis il se rassit près de moi.

« Cruel ! Oui, c'est ce qu'il m'a semblé, à première vue. Et cette fois, si je résistais, c'était pour son bien, et non pour le mien. Mais je sentais les yeux de cette femme fixés sur moi, et peu à peu elle me fit comprendre. Si elle avait été là en chair et en os (semblait-elle dire), n'aurait-elle pas deviné avant tout le monde qu'il était en train de mourir ? N'aurait-elle pas été la première à lire sur le visage de son mari la nouvelle fatale ? Et n'aurait-il pas été horrible pour lui de la découvrir dans des yeux étrangers ? Ma foi... c'était ce qu'elle voulait de moi, et je l'ai fait... je les ai unis tous les deux jusqu'à la fin ! » Il leva de nouveau les yeux vers le tableau. « Mais, maintenant, elle m'appartient », répéta-t-il...

1901

LE PRÉTEXTE

I

Mrs Ransom, une fois la porte refermée derrière son visiteur, courut d'un bond du salon vers l'étroit couloir, puis dans l'étroit escalier vers sa chambre.

Bien que mince, et encore alerte, elle ne se déplaçait pas toujours aussi rapidement : jusqu'alors, dans sa vie, elle n'avait guère eu de raisons de se presser, si ce n'est lors des tâches domestiques répétées qui exigeaient de la promptitude sans entretenir la souplesse ; mais quelque élan de jeunesse retrouvée, communiqué par sa conversation avec Guy Dawnish, se manifestait maintenant dans son pas primesautier et son envie adolescente de s'enfermer dans sa chambre avec ses émois et ses rougissements.

Ses rougissements ? Rougissait-elle vraiment ?

Elle s'approcha du petit miroir orné d'un aigle qui surmontait sa coiffeuse sobre et convenable : maigre concession aux faiblesses de la chair que pouvait compter parmi ses reliques surannées toute maison « vieux style » de Wentworth. Le visage reflété dans cette surface peu flatteuse – car à Wentworth même les miroirs péchaient par excès de rigueur – ne semblait pas, à première vue, une scène adaptée au déploiement de tendres émotions, et celle qui le contemplait rougit de plus belle devant cette évidence.

Sa chevelure blonde était devenue moins abondante – elle ne masquait plus vraiment les veines bleues de ce front sérieux qu'on imaginait penché sur un bureau de travail, dans une grande salle nue où une lumière d'hiver enneigé tombait implacablement sur des rangées de « femmes studieuses ». Sa bouche était mince et un peu crispée ; ses lèvres étaient trop pâles ; et il y avait des rides aux coins de ses yeux. C'était un visage qui avait vieilli dans l'attente des joies de la jeunesse.

Et puis quoi… si elle pouvait encore rougir ? Elle recula instinctivement, de sorte que sa vision devint moins clinique, et le joli voile rosé s'étendit sur sa pâleur, les creux de ses tempes, les petits plis d'inexpérience autour de ses lèvres et de ses yeux. Un peu de couleur était bien avantageuse ! Cela rendait ses yeux plus profonds et brillants. Elle comprenait maintenant pourquoi les femmes de mauvaise vie mettaient du rouge… et sa rougeur s'intensifia à cette pensée.

Mais soudain, pour la première fois, elle remarqua que le col de sa robe était trop bas. Il ne dissimulait pas ses fanons. Elle fouilla fébrilement dans un tiroir bien rangé, mais non parfumé, pour en sortir un bout de velours noir qu'elle noua autour de son cou. Oui… c'était mieux ainsi. Cela lui donnait le relief dont elle avait besoin. Du relief… de l'éclat… voilà ce qu'il fallait ! Elle n'en avait jamais eu, ni dans son allure, ni dans sa position. Elle était aussi lisse qu'un papier mural – et sa vie était aussi plate. Et tout le monde autour d'elle avait ce même aspect. Wentworth était le genre d'endroit où les maris et les femmes finissaient par être pareils… elle se souvint qu'une ou deux de ses amies lui avaient récemment déclaré qu'elle commençait à ressembler à Ransom…

Mais pourquoi avait-elle toujours si docilement conformé son allure à sa position ? Peut-être un extérieur plus gai aurait-il provoqué un sort plus brillant ? Même maintenant… Elle revint vers le miroir, lâcha ses mèches serrées, passa les dents du peigne sur les pointes de ses cheveux pour les faire friser, puis les ramena en une coiffure plus volumineuse et plus légère autour de son visage satisfait. Oui… c'était vraiment mieux ; cela faisait une différence. Elle se sourit avec une coquetterie timide, et ses lèvres détendues lui semblèrent plus roses. Puis elle posa le peigne en cessant de sourire. Cela faisait sûrement une différence… mais avait-on le droit de rendre ses cheveux plus épais et plus ondulés qu'ils ne l'étaient vraiment ? La frontière morale était mince entre se friser et mettre du rouge, et son atavisme rigide de Nouvelle-Angleterre se dressa devant elle comme un spectre réprobateur. Elle était certaine qu'aucune de ses aïeules n'avait bouclé ses mèches ni favorisé une rougeur. Une rougeur, vraiment ? Avaient-elles eu une seule occasion de rougir dans leurs vies figées ? Et elle-même, grands dieux, qu'avait-elle donc ? Elle s'assit dans le dur rocking-chair d'acajou, près de sa table d'ouvrage, et tâcha de se ressaisir. Dès l'enfance on lui avait appris à « se ressaisir » – mais il ne lui était jamais encore arrivé de sentir ses petites émotions et ses petites aspirations aussi largement dispersées, ni perdues de la sorte dans une étendue vague et inexplorée. Jusqu'alors, elles étaient restées soigneusement classées en catégories aisément accessibles sur les hauts rayonnages parfaitement rangés de sa conscience morale. Et maintenant… maintenant, pour la première fois, elles avaient besoin d'être remises en place… les petites parcelles volantes de sa personnalité dansaient follement dans les tourbillons de son imagination, mais elle ne connaissait aucune formule magique pour les faire rentrer au bercail. Le meilleur moyen, sans doute… si toutefois son désarroi le permettait… était de revenir au commencement… au commencement, du moins, de la visite de tout à l'heure… de récapituler, mot par mot et regard par regard…

Elle s'agrippa aux accoudoirs de son siège, en bloqua le balancement avec les pieds, et se fixa sur une vision intérieure…

Tout d'abord, qu'est-ce qui faisait que la visite de tout à l'heure était si différente des autres ? Elle se rendit brusquement compte qu'il y en avait eu beaucoup d'autres, presque chaque jour, depuis la venue de Guy Dawnish à Wentworth. Même l'hiver précédent – l'hiver où il était arrivé d'Angleterre – ses visites avaient été suffisamment fréquentes pour que tout Wentworth pensât – très naturellement – que Mrs Ransom « s'occupait » de ce jeune Anglais perdu recommandé à l'attention de Mr Ransom par un éminent avocat que les époux avaient connu lors d'un de leurs voyages à Londres, et avec qui étaient maintenus des rapports professionnels. Tout cela était dans l'ordre normal des choses, tel que l'entérinait le code social de Wentworth. Tout le monde fut aimable avec Guy Dawnish – certaines personnes d'une façon légèrement importune, comme l'avait remarqué en souriant Margaret Ransom – mais on estima convenable qu'elle fût la plus aimable de toutes, puisque dans un certain sens le jeune homme lui appartenait, et que sa famille en Angleterre, par une profusion de remerciements, avait donné à cet accueil la sanction domestique sans laquelle, à Wentworth, les relations entre les sexes étaient considérées comme illégitimes, et vues de travers. Oui ! Et même durant ce deuxième hiver, alors que les visites étaient devenues bien plus fréquentes, comme une part admise de la routine quotidienne, personne n'avait émis la moindre surprise ni la moindre insinuation.

Mrs Ransom eut un sourire légèrement amer. Son âge la protégeait, sans doute… son âge, son passé, et l'image que lui renvoyait son miroir…

La poignée de sa porte tourna brusquement, et la résistance du verrou provoqua des coups impatients.

« Margaret ! »

Elle se leva d'un bond, redevint blême, et alla ouvrir à son mari.

« Pourquoi t'enfermes-tu ? Comment, tu n'es pas encore habillée ? » s'écria-t-il.

Ransom pouvait parvenir à son propre dressing-room en passant par le couloir ; mais son habitude de traverser la chambre de sa femme était symptomatique de leur implacable intimité conjugale. Elle n'avait encore jamais été gênée par cette pratique, qu'elle acceptait comme inévitable, et elle s'y était simplement adaptée ; elle attendait qu'il fût passé pour faire sa rapide toilette, ou bien la terminait avant d'entendre son pas dans l'escalier ; car une pruderie scrupuleuse et traditionnelle avait miraculeusement échappé à ce massacre de toute vie privée.

« Oh, je ne m'habillerai pas ce soir... je vais seulement prendre le thé dans la bibliothèque après ton départ, répondit-elle distraitement. Tes vêtements sont prêts », ajouta-t-elle en se levant.

Il eut l'air surpris. « Le dîner est à sept heures. J'imagine que les discours débuteront à neuf heures. Je pensais que tu voulais venir les écouter. »

Elle fit un geste évasif. « Je ne sais pas. Je ne crois pas. Mrs Sperry est malade, et je n'ai personne d'autre avec qui y aller. »

Il consulta sa montre. « Pourquoi ne pas joindre Dawnish ? Est-ce qu'il n'est pas passé, tout à l'heure ? Pourquoi ne le lui as-tu pas demandé ? »

Elle s'approcha de sa coiffeuse pour arranger, d'un geste nerveux, le peigne et la brosse. Le matin même, son mari lui avait donné deux billets pour la galerie des dames de Hamblin Hall, où devait se dérouler dans la soirée un banquet offert par la faculté de Wentworth à certains éminents universitaires de passage ; elle avait naturellement eu l'intention de demander à Dawnish de l'accompagner, comme une chose toute naturelle, mais elle ne lui en avait finalement pas parlé...

« C'est trop tard, maintenant, murmura-t-elle en manipulant sa pelote à épingles.

— Trop tard ? Non, on peut lui téléphoner. »

Il s'avança vers elle, et elle se tourna vivement pour lui faire face, de crainte qu'il ne la soupçonnât d'éviter son regard. À quelle duplicité se trouvait-elle déjà réduite !

Ransom posa affectueusement sa main sur le bras de sa femme. « Viens donc, Margaret ! Tu sais que je vais parler pour le barreau. » Elle sentit dans le ton de sa voix qu'il était légèrement surpris de devoir lui rappeler cela.

« Oui, bien sûr, j'avais l'intention de venir...

— Eh bien alors... » Il ouvrit la porte de son dressing-room, et aperçut le bout de la robe de la bonne qui sortait. « Attendez, Maria ! Appelez Mr Dawnish... chez Mrs Creswell, vous savez. Dites-lui que Mrs Ransom désire qu'il vienne avec elle écouter les discours ce soir... les discours, vous comprenez ?... et qu'il passe la prendre à neuf heures moins le quart. »

Margaret entendit un « oui, m'sieur » traînant lancé de l'escalier et resta immobile pendant que son mari ajoutait bruyamment : « Et apportez-moi des serviettes en remontant. » Puis il revint dans la chambre de sa femme.

« Ç'aurait été terriblement dommage que Guy manque ça. Il s'intéresse tellement à la façon dont nous faisons les choses par ici... et puis je ne crois pas qu'il m'ait déjà entendu parler en public. » Ah, ce ton de fatuité ! Se pouvait-il que Ransom fût légèrement prétentieux ?

Il s'arrêta en face d'elle, et la fixa curieusement avec son regard myope, masqué par les reflets sévères de ses lunettes.

« Tu ne vas pas y aller comme ça, non ? lui demanda-t-il.

— Comme quoi ? balbutia-t-elle en portant la main sur le ruban noué à son cou.

— Avec tes cheveux ébouriffés. Tu as fait un shampooing ? Tu ressembles à la fille Brant à un match de tennis. »

La fille Brant était leur bête noire – elle représentait tout ce dont avaient horreur les personnes convenables de Wentworth : une créature frisée, portant dentelles, baleines et talons hauts, arrivant – de New York, évidemment – pour de longues visites turbulentes à une tante de Wentworth, faisant des ravages parmi les étudiants, et laissant à son départ un furieux sillage de commentaires qui agitait les eaux sociales durant des semaines. Elle avait également essayé de mettre la main sur Guy – avec un échec grotesque. Et maintenant, être comparée à elle... être accusée d'avoir l'air d'une New-Yorkaise ! Ah, comme les maris peuvent être obtus, parfois ! Et Ransom, devant elle, gras et pourtant sec dans sa maturité d'homme de loi, avec sa barbe raide et grisâtre et son perpétuel pince-nez, semblait l'incarnation même de cette inintelligence. Pourtant, elle n'avait jamais pensé être une victime, une « *femme incomprise*[1] ». Elle s'était au contraire flattée d'être comprise par son mari presque autant qu'elle le comprenait elle-même. Wentworth tenait grand compte des « motifs » ;

1. En français dans le texte. *(N.d.T.)*

et Margaret Ransom et son mari avaient vécu en complet accord de motifs. Elle avait éclaté de fierté le jour où, sans la consulter, il avait refusé de collaborer à un célèbre cabinet de New York, parce qu'il estimait plus distingué de pratiquer à Wentworth, et d'être connu comme le conseiller juridique de l'université. Wentworth, en fait, avait toujours été ce qui les liait ; ils étaient unis dans leur vénération pour ce respectable siège de savoir, et dans leur conscience vive, quoique réservée, d'en posséder le style. Le « style » de Wentworth est indubitable ; il imprègne tous les aspects de l'activité sociale, depuis la coiffure des dames jusqu'aux recettes de cuisine. Il a ses lois somptuaires comme son curriculum savant. Il prononce des décrets non seulement sur ses concitoyens mais aussi sur le reste du mode – il éclaire, critique, proscrit dans un univers négligent – et, selon les critères de Wentworth, être non-conformiste revient à être effacé de la conscience de Wentworth.

Dans un monde sans traditions, sans respect, sans stabilité, ces petits centres expirants de préjugés et de préséances ont un attrait irrésistible pour les êtres dont la démocratie a négligé de satisfaire les instincts. Wentworth, avec son « style », ses références arriérées, ses aversions et ses condamnations inflexibles, sa ligne morale rigide conservée intacte à l'écart des tumultes de l'expérience, avait constitué toute la poésie et toute l'histoire de la vie de Margaret Ransom. Oui, ce qu'elle avait avant tout prisé en son mari était qu'il fût une parfaite incarnation de Wentworth ; il s'identifiait depuis tellement longtemps et de tellement près à ses activités juridiques, qu'il n'était qu'une sorte de représentant de sa propre existence universitaire ; et, bien sûr, à un banquet académique, il ne pouvait parler qu'au nom du barreau...

Tout cela avait paru avoir une si étonnante importance, jusqu'à présent...

II

Lorsque, ponctuellement, à sept heures moins dix, son mari sortit de la maison, Margaret reprit dans sa chambre le difficile processus du ressaisissement. Pour s'aider dans son effort, elle regarda par la fenêtre la silhouette de Ransom qui s'éloignait à l'ombre des ormes. Il marchait seul dans la rue, entre les gazons tondus, les porches blancs, les bizarres protubérances de pignons à bardeaux, si caractéristiques d'une ville universitaire américaine. Elle avait toujours été fière de vivre dans Hill Street, où logeaient les professeurs, fière de pouvoir associer le dos de son époux, quand il partait pour son bureau, à des dos littéraires et pédagogiques, des dos derrière lesquels on chuchotait, pour l'édification de visiteurs dûment impressionnés : « Attendez que ce bonhomme se retourne... c'est le fameux Untel ! »

Tel avait été son monde, un monde démuni d'expérience personnelle, mais empli d'un profond sentiment de privilège et de distinction, de différence avec ces multitudes qui, n'ayant pas l'inestimable avantage de vivre à Wentworth, poursuivaient ailleurs des carrières condamnées à la futilité.

Et maintenant... !

Elle alla vers sa table d'ouvrage, où elle avait posé quelques photographies que Guy Dawnish lui avait laissées. Elle les avait à peine vues, quand, assis tout près d'elle, il les lui tendait avec des explications ; mais à présent, dans le souvenir de la voix grave du jeune homme, les détails lui apparaissaient avec une netteté redoublée. Là, c'était Guise Abbey, la propriété de son oncle dans le Wiltshire, où Guy avait passé son enfance sous l'autorité de son grand-père : une longue façade jacobéenne, avec d'innombrables pignons et cheminées, couverte de lierre, entourée (elle en était sûre) de bois vénérables hantés par des freux. Et dans cette autre image – dans le jardin clos de Guise –, c'était son oncle, lord Askern, personnage massif et goutteux, solidement planté sur la terrasse, un fusil à l'épaule et deux setters couchés à ses pieds. Et là, c'était la rivière au fond du parc, et Guy canotant avec une jeune fille en chapeau à rabat – comme Margaret détestait le rabat qui masquait le visage de cette fille ! Et là, c'était le court de tennis, avec Guy au milieu d'un joyeux groupe de jeunes gens en flanelle blanche, les jambes croisées, et de jolies filles prenant le thé sous un grand tilleul : au centre, un vicaire tendait des tartines beurrées, et, à mi-distance, un valet arrivait avec d'autres tasses.

La lumière faiblissant, Margaret approcha cette image de ses yeux, intriguée par la jeune fille la plus proche de Guy Dawnish – debout, penchée sur lui, de profil, tandis qu'il relevait la tête en riant. Aucun chapeau ne cachait ce profil, qui se découpait nettement sur un fond de feuillage.

« Et qui est donc cette belle fille ? » lui avait-elle demandé en retenant la photographie au moment où il allait la reprendre. Elle s'étonnait qu'il eût nommé tous les membres du groupe, sauf elle.

« Oh, elle ? C'est seulement Gwendolen Matcher… je la connais depuis toujours… Regardez ça : les hospices de Guise… ne sont-ils pas épatants ? »

Puis – sans qu'elle eût le courage de lui demander si la fille dans le canot était également Gwendolen Matcher –, ils passèrent à des photographies de ses chambres à Oxford, de l'atelier d'un cousin à Londres – un des petits-fils de lord Askern avait le « sens artistique » –, d'un cottage entouré de roses dans le pays de Galles, où, à la mort du vieux comte, sa bru, la mère de Guy, s'était retirée.

Chacune de ces photographies ouvrait une fenêtre sur cette vie que Margaret avait essayé de se figurer dès qu'elle avait connu Guy – une vie tellement riche, tellement romantique, dans de simples circonstances quotidiennes, car tellement saturée de références historiques et d'allusions poétiques, qu'elle se sentait presque oppressée par le parfum de son atmosphère lointaine. Les mots même qu'il employait la fascinaient et la déroutaient. Il avait l'air d'être né au cœur de tout un réseau d'alliances historiques, politiques, officielles, qui faisait paraître la situation des Ransom à Wentworth aussi obscure que l'étagère supérieure d'un placard fermé. Tel membre de la famille avait « demandé une intendance des Chiltern Hundreds », tel oncle était maître de la corporation de Trinity House, un autre était principal de faculté, un autre était au commandement de

Devonport[1] ; l'Armée, la Marine, la Chambre des communes, la Chambre des lords, les sièges du savoir les plus vénérables, étaient tous mêlés dans la trame dense de la conversation légère et inconsciente de ce jeune homme. Car son inconscience était certaine. Margaret n'était pas sans expérience des voyageurs transatlantiques qui lançaient des noms ronflants et citaient des références flatteuses. La poésie de la situation de Guy Dawnish tenait au fait qu'il était partie intégrante de circonstances anciennes et d'éléments reconnus. La vie était comme cela en Angleterre – à Wentworth, évidemment (où l'avait fait envoyer son oncle pour deux années de formation dans des usines électriques voisines, à Smedden)... à Wentworth, les choses étaient bien sûr « épatantes », mais elles étaient très différentes. Il préparait un diplôme d'ingénieur en électricité, avec l'espoir d'un poste à la succursale londonienne de la grande entreprise Smedden, et il avouait lui-même avoir pour ennuyeuse perspective de se plier à la pesante routine d'un « boulot » industriel, mais cela ne le coupait nullement d'un passé pittoresque et éclatant, d'une existence multiforme où semblaient se refléter les épisodes les plus brillants de l'ensemble des romans anglais. Évidemment, il devrait travailler... dans sa génération, les cadets étaient presque tous obligés de le faire, à présent... mais son oncle Askern était (comme Wentworth) « épatant », et les portes de Guise lui resteraient toujours ouvertes... comme chez son autre oncle, le Principal, un vieux bonhomme épatant, lui aussi... et en ville il pouvait toujours se caser chez sa tante, l'intelligente lady Caroline Duckett, qui avait fait un mariage « moche », et qui était horriblement pauvre, mais qui connaissait un tas de gens épatants, et avait toujours été très bonne avec lui...

Ce qui captivait Margaret, ce n'était pas – et elle n'avait pas à se défendre de cette insinuation, même dans ses propres pensées – ce n'était pas ce que Wentworth eût appelé le « côté matériel » de la situation du jeune Anglais. Son austérité la mettait à l'abri de pareilles séductions : ses enthousiasmes étaient tous d'un ordre imaginatif. Ce qui la subjuguait, c'était l'étonnante prodi-

1. Les Chiltern Hundreds sont des domaines royaux de l'Oxfordshire et du Buckinghamshire. En demander le titre d'intendant, purement formel, est une procédure convenue pour démissionner de la Chambre des communes. Edith Wharton paraît prendre cette formalité pour un signe de distinction. Trinity House est une vénérable institution responsable des phares et des balises des eaux territoriales. Devonport est un port militaire. *(N.d.T.)*

galité avec laquelle il déversait pour elle ce flot surabondant de tradition dont Wentworth n'offrait qu'une toute petite tasse. Il la submergeait tout d'un coup d'un million de Wentworth, avec l'air de dire : « Voyez ! Tout cela est à ma disposition... et je vous choisis, vous, à la place ! »

Car c'était à cela que tout revenait, se dit-elle, légèrement étourdie ; c'était la conclusion à laquelle l'avaient peu à peu conduite ses consciencieux efforts de ressaisissement : avec tout ce qu'il avait à sa disposition, Guy Dawnish quittait Wentworth à contrecœur.

« Je me sentais un peu seul ici, au début... mais maintenant ! » Et puis : « Bien sûr, ce sera épatant de les revoir tous, là-bas... mais il y a certaines choses dont on ne se sépare pas facilement... »

S'il avait connu seulement Wentworth, c'eût été assez merveilleux, il l'eût choisie, elle, parmi tout Wentworth... mais il avait connu cette autre existence, et il la mettait dans la balance et... pauvre Margaret Ransom, rien ne semblait peser en elle, sauf ses années ! Ah, cela pouvait bien produire, dans les nerfs, dans le cerveau, dans les pauvres instincts inexpérimentés, un bouillonnant tumulte de sensations, le déferlement d'une grande vague de vie, sous laquelle la mémoire se débattait en vain pour se rétablir, pour retrouver exactement ce que les dernières paroles de Guy... ses toutes dernières paroles... avaient été...

Quand sa conscience émergea, haletante, de cet assaut rétrospectif, Margaret Ransom fut projetée, comme une feuille dans la tourmente, vers la table où elle rédigeait habituellement sa volumineuse et innocente correspondance. Elle avait une lettre à écrire tout de suite... bien plus brève mais bien plus difficile que toutes celles qu'elle avait pu avoir à composer.

« Cher Mr Dawnish, commença-t-elle, puisque je viens de décider de ne pas vous téléphoner... »

La voix de Maria, à la porte, annonça que le thé était servi dans la bibliothèque : « Et j'suppose qu'vous mettrez la soie marron pour les parlottes ? »

Dans le cours ordinaire de l'existence des Ransom, la maîtresse de maison s'habillait seule ; cette simple question, à la fois familière et respectueuse, répandit pour Margaret une lumière crue sur l'importance de l'occasion. Pouvait-elle déclarer « mais je n'y vais pas », alors que sa sortie était une solennité qui mettait si manifestement en émoi sa domesticité, tellement fière d'y contribuer ? Et, devant cette contribution, pouvait-elle prononcer un mot d'hésitation ou même d'indifférence, et se révéler ainsi la créature déracinée, transplantée, qu'elle avait été sur le point de devenir ? Non, faire cela était… eh bien, infiniment plus dur que de choisir la solution de déchirer la feuille de papier marquée par sa plume incertaine…

Oui, répondit-elle, elle mettrait sa robe de soie brune…

III

Toute la chaleur et l'éclat de la longue table illuminée, d'où montaient en un brouillard savoureux les fumets des nombreux plats, semblaient se répandre dans la galerie des dames, et se concentrer sur les joues brûlantes d'une mince personne retirée derrière un pilier saillant.

Margaret Ransom ne pensait pas se tenir dans l'ombre. Elle s'imaginait que la pleine lumière des lustres se projetait sur son visage – et, par moments, elle avait l'impression que toutes les têtes autour de la table en fer à cheval, en bas, chauves, chevelues, lisses, frisées ou hirsutes, étaient équipées d'une deuxième paire d'yeux placée à un angle qui leur permettait de la scruter aussi impitoyablement que les ampoules électriques.

Durant une pause, après un discours, il y eut parmi les dames un froissement de programmes consultés, et Mrs Sheff (la tante de la fille Brant) se pencha pour annoncer avec fougue : « Et maintenant nous allons entendre Mr Ransom ! »

Un bourdonnement s'éleva de la table ; les têtes (sans paraître relâcher leur vigilance à l'égard de la galerie) se fondirent en un seul flot d'attention dirigé vers la courbure du fer à cheval, et tous les fils de la conscience de Margaret Ransom furent soudain tirés vers un point, rien d'autre qu'un petit point noir qui se dressa, se dilata, s'étendit dans l'air en gestes circulaires, devint énorme, devint prépondérant, devint « Mr Ransom en train de parler ».

« C'est la chaleur », haleta Margaret en pressant son mouchoir sur ses lèvres blêmes et en trouvant juste assez de force pour reculer un peu plus dans l'ombre.

Elle sentit une main sur son bras. « C'est vraiment intenable… voulez-vous partir ? » suggéra une voix. « Oui, oui, allons-nous-en », chuchota-t-elle, sentant, avec un immense soulagement, que c'était la seule solution possible et concevable. Rester assise pour écouter son mari, maintenant… comment avait-elle pu croire surmonter cela ? Par bonheur, les premières paroles de l'orateur restaient inaudibles dans le murmure persistant, et elle avait seulement à s'exposer au feu compréhensif des regards féminins, lancés vers elle au-dessus d'éventails et de programmes agités lorsque, conduite par Guy Dawnish, elle parvint à la porte. La chaleur excessive parut une raison suffisante même à Mrs Sheff... même longtemps après...

L'escalier en colimaçon était heureusement désert, sombre et silencieux. En bas, dans une salle de réunion, Dawnish trouva une inévitable carafe d'eau, et servit un verre à Margaret, qui le prit sous les yeux intimidants d'un président d'université figé dans son cadre armorié. Ce regard sévère sembla la poursuivre comme un anathème pendant qu'elle sortait du bâtiment avec son compagnon.

Hamblin Hall se situe au fond d'une vaste pelouse bordée d'une sextuple rangée d'ormes – c'est l'orgueil et la singularité de Wentworth. Une pâle lune printanière, se levant au-dessus de la coupole de la bibliothèque universitaire, à l'autre bout de l'allée, diffusait une lueur perlée dans le ciel, dissolvait en un fin brouillard l'ombre des arbres, et rendait dorées les lumières aux fenêtres des maisons. Dans cette douce palpitation, la coupole prenait une grâce bramantesque[1], le clocher blanc de l'église congrégationaliste devenait un campanile surmonté d'un esprit ailé, et les maigres portiques des anciennes salles avaient l'air de colonnades de temples antiques.

« C'est mieux ici... » dit Dawnish alors qu'ils sortaient sous les ormes.

Ils poursuivirent un instant en silence, puis il reprit : « Vous êtes trop fatiguée pour marcher. Asseyons-nous une minute. »

En effet, elle se sentait du plomb aux pieds et, non loin, quelques bancs disposés autour du piédestal d'un bronze patriotique les invitaient au repos. Mais Dawnish l'entraîna dans un sentier qui menait, au milieu des buissons, vers un gazon s'étendant entre deux bâtiments.

« Il fera plus frais près de la rivière », lui dit-il en continuant sans demander son accord. Il n'en avait pas besoin : Margaret trouvait plus simple de ne pas se soucier des convenances, et de se laisser guider sans feindre de protester. De plus, ils ne faisaient rien de condamnable – ce qui aurait été condamnable,

1. De l'architecte et peintre Bramante (1444-1514). Il traça les plans de la coupole de Saint-Pierre de Rome. *(N.d.T.)*

ç'aurait été de rester en pleine lumière, à faire semblant d'écouter Ransom, comme une épouse dévouée...

Le sentier aboutissait à l'endroit privilégié de Wentworth : une courbe de la rivière, avant que ses flots n'allassent se mettre tumultueusement au service des grossières industries de South Wentworth et de Smedden ; durant quelques centaines de mètres, elle prenait une allure oisive, vénérable et universitaire, avec des saules penchés sur ses berges et une pelouse s'étendant de Hamblin Hall jusqu'aux abris à bateaux. Il y avait des bancs sous les saules, et tellement proches de l'eau que les murmures liquides emplissaient le silence scintillant, comme pour chuchoter à Margaret les raisons pour lesquelles son compagnon l'avait menée là.

« Est-ce que vous vous sentez mieux ? lui demanda-t-il doucement en s'asseyant près d'elle.

— Oh, oui ! J'avais seulement besoin d'un peu d'air.

— Je ne m'en plains pas. Bien sûr, les discours étaient terriblement intéressants... mais je préfère être ici. Quelle belle nuit !

— C'est vrai. »

Il y eut une pause que l'accompagnement apaisant de la rivière parut cette fois-ci ne pas suffire à emplir.

« Quelle heure est-il ? Je devrais sans doute rentrer, reprit enfin Margaret.

— Oh, il n'est pas tard. Et puis ils vont en avoir pour des heures, là-bas. »

Elle bredouilla quelque chose d'inaudible. Elle voulait répondre : « Non, le discours de Robert devait être le dernier » – mais elle ne put se résoudre à prononcer le prénom de Ransom, et sur le moment elle ne trouva pas d'autre formule pour réfuter l'affirmation de son interlocuteur.

Rassuré par ce silence, le jeune homme s'étira voluptueusement.

« Vous comprenez, c'est ma dernière chance... et je veux en profiter au mieux.

— Votre dernière chance ? » Comme elle était stupide de répéter ces mots sur ce ton interrogatif et roucoulant ! C'était exactement le genre d'encouragement qu'aurait pu donner la fille Brant.

« D'être avec vous... comme maintenant. Je n'en ai pas eu beaucoup l'occasion. Et il me reste moins d'une semaine. »

Elle essaya de rire. « Cela vous semblera peut-être plus long si vous dites cinq jours. »

Quelle platitude ! Et il y avait des gens qui la pensaient intelligente ! Il semblait heureusement ne pas y prêter attention ; mais elle entendait encore sonner son propre rire... ce pépiement coquet de l'âge mûr ! Elle décida que dès qu'il parlerait de nouveau... et quoi qu'il dît... elle ne chercherait plus à éluder : elle répondrait directement, sérieusement, franchement ; elle ne se montrerait plus doublement déloyale.

« Et puis... », reprit-il en posant son bras sur le dossier du banc et tournant vers elle un visage semblable à un sombre bas-relief dans un cadre argenté. « Et puis, il y a quelque chose que je voulais vous dire... »

Les murmures de la rivière parurent se taire tout d'un coup ; le monde entier devint silencieux.

Margaret avait apparemment pris une décision au-dessus de ses forces. Car elle ne trouva rien de mieux que de répéter sur le même ton stupide et interrogatif : « À me dire ?

— À vous seule. »

C'était lui maintenant qui semblait contraint et gêné ; elle devinait cela en le voyant changer une fois encore de position – alors qu'il était d'habitude capable d'une si élégante immobilité –, et en constatant qu'il avait de la peine à articuler. Elle en eut elle-même la gorge nouée.

« Vous avez été parfaite avec moi, poursuivit-il. Ce n'est pas ma faute si vous m'avez fait sentir que vous pouviez tout comprendre... tout admettre... reconnaître qu'un homme a pu tenir bon, lutter contre quelque chose... tant qu'il en a eu la force... C'est peut-être mon unique occasion... et je ne peux pas m'en aller sans vous en parler. »

Il se détournait d'elle, maintenant, et regardait fixement la rivière ; son jeune et beau profil découragé se découpait dans le clair de lune.

Il y eut un silence durant lequel il parut attendre une réponse. Margaret se pencha vers lui, la main sur son bras.

« Si j'ai vraiment été... si j'ai fait pour vous ne serait-ce qu'une toute petite partie de ce que vous dites... de ce que vous imaginez... ferez-vous pour moi, maintenant, une seule chose en retour ? »

Il s'immobilisa, comme s'il craignait qu'elle retirât sa main, mais elle conserva son geste timide, simple part d'un rituel d'adieu.

« Quelle chose ? demanda-t-il à voix basse.

— De ne pas me parler ! fit-elle avec un soupir suppliant.

— Ne pas vous parler… ?

— Ne rien me dire… laisser notre… notre amitié… rester ce qu'elle a été… comme un peintre, si un ami le lui demande, peut laisser sa toile… inachevée, sans doute… mais d'autant plus belle… »

Il retira sa main, se ravisa, essaya de prendre de nouveau la main de Margaret, mais elle se déroba aussitôt – elle eut l'impression qu'il sursautait comme s'il avait été pris sur le fait, et saisi au collet.

« Vous… vous… ? » bégaya-t-il d'une voix étrange pleine de peur et de tendresse. Mais elle tint bon, tellement concentrée sur sa décision inexorable qu'elle ne réfléchit guère aux conséquences de ses paroles.

« Ne voyez-vous pas, enchaîna-t-elle, ne sentez-vous pas que c'est bien plus sûr… oui, je vais dire ainsi… que c'est bien plus sûr de laisser les choses telles qu'elles sont… comme elles se sont… déroulées… sans essayer de les préciser… de leur donner un nom… Elles sont telles que nous décidons de les nommer en nous-même, n'est-ce pas ? N'essayons pas de leur chercher un nom… sur lequel nous serions tous deux d'accord… nous n'y arriverions sans doute pas. » Elle rit brusquement. « Et les fantômes disparaissent dès qu'on les nomme ! » conclut-elle, la voix brisée.

Son cœur battait violemment, ses tempes battaient, ses oreilles étaient pleines d'un grondement de torrent, et elle ne put pas entendre la réplique du jeune homme. Mais, en retrouvant sa lucidité, elle se dit que de toute façon elle ne devait pas l'écouter. Elle se remit donc à parler, mi-moqueuse, mi-implorante, avec une éloquence et une ingéniosité dont elle ne se serait pas crue capable. Et puis, soudain, elle eut la sensation que son cœur lui montait à la gorge, et elle dut s'arrêter.

Son compagnon restait figé. Il n'avait pas tenté de lui reprendre la main, ses yeux étaient détournés d'elle, fixés sur la rivière. Mais sa proximité était devenue quelque chose d'extraordinaire et de délicieux – quelque chose dont Margaret n'avait jamais eu idée. Un sentiment de culpabilité la fit rougir – vagues souvenirs d'héroïnes de romans français et de livrets d'opéra. C'était donc ce qu'éprouvaient ce genre de femmes… la « honte ». Elle entendit comme des échos d'articles de journaux, de sermons en chaire… Elle n'osait plus parler, et son propre silence l'effrayait. Aucun autre cœur, sûrement, n'avait battu aussi fort à Wentworth.

Il finit par lui prendre les deux mains, pour les baiser, très simplement.

« Je n'oublierai jamais... », fit-il d'une voix confuse et méconnaissable.

Elle eut la force de se lever, et même de soutenir son regard.

« Merci », lui répondit-elle avec une égale simplicité.

Elle s'éloigna du banc et se dirigea vers le sentier. Il la rejoignit et marcha à côté d'elle sans un mot. Dans l'allée d'ormes, ils virent des groupes dispersés. Les discours étaient terminés, et Hamblin Hall déversait son auditoire au clair de lune. Margaret sentit une pointe de soulagement, aussitôt suivie d'une vague de regrets. Elle avait la nette sensation que son heure – son unique heure – était passée.

Un des groupes s'écarta à leur approche, isolant la masse solide de Ransom.

« Mon mari », fit-elle en pressant le pas. Elle fut étonnée par l'aspect de son dos – lourd, voûté, et pourtant un rien pompeux, dans un manteau mal taillé qui remontait et cachait son col. Jusqu'alors, elle n'avait jamais remarqué sa façon de s'habiller.

IV

Ils se revirent naturellement avant le départ de Dawnish ; mais ce que Margaret redoutait ne se produisit pas : il ne chercha pas à la voir seule.

En y songeant par la suite, elle se persuada qu'il avait délibérément évité de le faire, ce qui lui parut n'être qu'une preuve supplémentaire de la « compréhension » du jeune Anglais, de cette communion profonde et indicible qui les isolait dans un monde vide, comme sur une cime au-dessus des nuages.

Les cinq jours passèrent en un éclair ; et quand le dernier arriva, Margaret Ransom eut une heure de faiblesse, d'intense perturbation : les barrières s'écroulaient, les convictions vacillaient, être un instant seule avec lui devenait l'unique aspiration de son cœur. Elle savait qu'il viendrait lui dire « adieu » dans l'après-midi, et que Ransom serait alors parti pour South Wentworth. Elle attendit dans son pâle petit salon, avec ses kakémonos fanés, ses quelques froides reproductions d'antiques, ses chaises Chippendale glissantes. Enfin, la sonnette retentit, et son univers devint un nuage rose – à travers lequel elle distingua bientôt la silhouette austère de Mrs Sperry, épouse du professeur de paléontologie, venue pour lui parler du programme d'hiver du club de la Pensée supérieure. Elles en discutèrent durant une heure, et lorsque Mrs Sperry fut partie Margaret garda l'impression confuse que les cours traiteraient de l'influence de la première croisade sur le développement de l'architecture européenne – mais la part sensible de sa conscience savait seulement que Dawnish n'était pas venu.

Il « déboula », comme il aurait lui-même dit, après le dîner – il était apparemment tombé sur Ransom dans la matinée, et avait appris son absence jusqu'au soir. Margaret était dans la bibliothèque avec son mari quand la porte s'ouvrit sur le jeune Anglais. Ransom, qui n'avait pas eu le temps de s'habiller, était assis à son bureau, au milieu d'une pile malpropre de livres juridiques, sous la lumière d'un plafonnier qui rendait encore plus grisâtres ses cheveux, plus jaunâtre son front et plus plissés ses yeux derrière ses lunettes. Dawnish, paraissant plus grand dans l'obscurité de la pièce, et d'une pâleur encore plus délicate, hésita un instant sur le seuil, puis entra en s'expliquant abondamment – riant, acceptant un cigare, se laissant tomber dans le fauteuil que Ransom lui avançait –, un Dawnish que Margaret n'avait jamais vu, mal à l'aise, volubile, mais en un certain sens plus mûr, plus obscurément maître de lui-même.

Elle se tint à l'écart, assise dans l'ombre, de sorte qu'elle voyait d'abord la tête de son mari, et, en deuxième plan, celle de leur visiteur, se découpant sur un fond sombre de rayonnages de livres. Son cœur était paisible – elle ne sentait palpiter ni sa gorge ni ses tempes : toute sa vie semblait concentrée dans sa main posée sur son genou, cette main qu'il serrerait quand ils se diraient adieu.

Après quoi, son cœur passa par toutes sortes d'états. Parfois, elle était d'humeur à s'accuser de lâcheté ; elle se reprochait d'avoir délibérément gâché une occasion unique avec lui, le seul moment où elle aurait pu sonder les profondeurs de la vie, pour la joie ou pour l'angoisse. Mais cette humeur était rare et fugitive. Dans des heures plus paisibles, elle en rougissait ; elle tremblait même à l'idée qu'il ait pu supposer un regret en elle. Elle se sentait coupable d'un manque de finesse, si elle pensait que lui, avec sa jeunesse et avec sa vigueur, aurait dû avoir un sens plus tendre et plus sûr du péril d'un contact grossier – aurait dû aborder la situation avec beaucoup plus de délicatesse.

D'abord, ses journées furent fiévreuses et ses nuits, de longues veilles figées. Ses pensées ne furent plus avilies et défigurées par une idée de « culpabilité ». Elle avait maintenant honte d'avoir honte. Ce qui s'était produit était aussi éloigné de la sphère de son mariage qu'une transaction dans les étoiles. Cela lui avait simplement fourni une vie secrète aux joies incommunicables, comme si toutes les sources perdues de sa jeunesse avaient formé un étang caché où elle pouvait désormais revenir, et se baigner.

Puis vint une phase de solitude, dans laquelle la vie environnante lui parut lointaine et irréelle. Elle se dit que c'était ce que devaient éprouver les morts, répétant vainement les gestes des vivants sur les rives du Styx. Elle se demanda s'il existait une autre femme au monde pour qui rien ne fût arrivé. Et puis elle reçut la première lettre...

C'était une lettre charmante… une lettre parfaite. Une petite touche de raideur et de gaucherie sous une spontanéité juvénile en disait davantage que des pages entières d'éloquence. Il parlait de leur amitié… des agréables journées qu'ils avaient passées ensemble… Ransom se montra pendant qu'elle lisait, et il remarqua les timbres étrangers. Elle lui tendit la lettre, en disant gaiement : « Il y a un message pour toi » – bien certaine que le message qui s'adressait à elle resterait en sécurité dans son cœur.

Les jours où elle recevait une lettre de lui, tout devenait flou autour d'elle, et elle ne se rappelait plus ce qu'elle avait fait, ni comment avait pu s'organiser la vie. Elle était toute surprise de trouver le dîner servi comme d'habitude, et Ransom assis en face d'elle, en train de parcourir le journal du soir.

Mais si Dawnish écrivait régulièrement avec toute la loyauté anglaise envers les devoirs formels de l'amitié, ses messages ne parvenaient qu'à des intervalles de plusieurs semaines, et entretemps Margaret parvenait à se ressaisir, à reprendre un contact normal avec la réalité. La routine récurrente s'emparait de nouveau d'elle, le réseau des habitudes se resserrait, sa vie quotidienne reprenait un sens, et son échappée passagère ne semblait plus qu'une délicieuse illusion. Elle n'avait pourtant pas cessé de croire au miracle qui lui était advenu ; elle chérissait toujours la réalité de son unique moment au bord de la rivière. Quelle raison aurait-elle eue d'en douter ? Elle avait encore dans les oreilles les accents de sincérité de la voix juvénile de Dawnish : « Ce n'est pas ma faute si vous m'avez fait sentir que vous pouviez tout comprendre… » Non ! Elle croyait à son miracle, et cette foi adoucissait et illuminait sa vie ; mais elle se mit à penser que ce qui était pour elle une métamorphose de tout son être risquait bien de n'avoir été pour le jeune Anglais qu'une explosion momentanée de gratitude, de camaraderie, provoquée par l'émoi du départ. Elle en vint même à se dire que cela « valait mieux ainsi » ; cette façon de voir les choses la protégeait contre les extrêmes alternés de la culpabilité et de la dérision, enfermait son souvenir dans un temple immortel où elle pouvait faire des pèlerinages secrets sans éprouver de remords.

Elle fut longtemps incapable de passer devant le banc sous les saules – elle évita même l'allée d'ormes jusqu'au moment où l'automne la dépouilla de son feuillage. Mais elle sentait qu'elle progressait vers la guérison ; et puis un jour elle longea la rivière, et elle se dit en approchant du banc : « J'étais incapable de venir par ici sans penser à lui. Et maintenant, je ne pense pas du tout à lui ! »

Cela lui parut être une preuve si convaincante de son rétablissement qu'elle s'accorda, au retour du printemps, de passer de temps à autre un moment tranquille sur le banc – heure sacrée après laquelle elle revenait fortifiée à ses tâches quotidiennes.

Il y avait plus de six semaines qu'elle n'avait pas reçu de nouvelles de son ami – ses lettres se faisaient de plus en plus rares. Mais cela aussi « valait mieux », et elle ne s'impatientait pas, car elle savait qu'il avait obtenu le poste qu'il souhaitait, et qu'il avait commencé sa vie active à Londres. C'était une douce journée de mai, et elle se souvint soudain qu'en sortant elle avait glissé dans son sac une lettre d'une amie de Wentworth qui voyageait à l'étranger. L'enveloppe avait été timbrée à Londres, fait montrant que la dame était sur le chemin du retour. Margaret s'assit sur son banc et commença sa lecture.

Le Londres décrit était celui des boutiques et des musées – aussi éloigné que possible du cadre de l'existence de Guy Dawnish. Mais soudain les yeux de Margaret tombèrent sur son nom, et la feuille se mit à trembler dans ses mains.

« J'ai appris hier une chose très drôle au sujet de votre ami Mr Dawnish. Nous sommes allés prendre le thé chez le professeur Bunce (j'aurais aimé que vous connaissiez les Bunce : l'atmosphère chez eux est tellement *tonique* !), et là j'ai retrouvé cette miss Bruce-Pringle qui était venue l'année dernière suivre un cours d'histologie à l'Annexe. Elle m'a bien sûr demandé des nouvelles de Mr Ransom et de vous, et puis elle m'a dit qu'elle venait de voir la tante de Mr Dawnish – cette femme intelligente dont il nous rebattait les oreilles, lady Caroline Machin –, et que tout le monde était en rage contre lui. Je me demande si vous saviez qu'il était fiancé quand il est venu en Amérique. Il ne nous en a jamais parlé. Elle a dit que ce n'était pas un engagement ferme, mais une entente avec une jeune fille dont il a toujours été proche, et qui est sa voisine dans le Wiltshire. Les deux familles espéraient que le mariage serait célébré dès son retour. Il semble que la fille soit une héritière (mais vous savez qu'en ce domaine les critères anglais sont bien moins élevés que les nôtres), et les parents du garçon étaient absolument ravis qu'il soit « casé », selon les propres termes de miss Bruce-Pringle. Eh bien, à son retour, il a demandé à la jeune fille de lui rendre sa liberté. Elle a été furieuse, et toute sa famille avec elle, mais il a tenu bon, a répété qu'il ne l'épouserait pas, et a donné comme seule raison qu'il avait « formé une affection malheureuse ailleurs ». Avez-vous jamais rien entendu d'aussi bizarre ? Sa tante, qui est dans tous ses états, dit que cela a dû se produire à Wentworth, car il n'est resté nulle part ailleurs en Amérique. Pensez-vous qu'il puisse s'agir de la fille Brant ? Mais alors pourquoi « malheureuse », quand tout le monde sait qu'elle aurait sauté sur lui ? »

Margaret plia la lettre, et regarda la rivière. Ce n'était pas le même cours d'eau, c'était un fleuve mystique sous des reflets de lune. Au-dessus de sa tête, les saules étendaient leurs voiles de feuillage, et elle sentait près d'elle une présence jeune, tendre, impétueuse. Tout avait eu lieu ici, sur ce même banc, au bord de cette même rivière – c'était venu à elle, cela l'avait croisée, et elle n'avait pas tendu la main pour le retenir...

Eh bien ! Cette abstinence même n'en faisait-elle pas une chose plus profondément personnelle et ineffaçable ? C'était ce qu'elle pouvait se dire quand elle pensait que cet épisode n'avait été pour Guy que l'effet fugitif de leur proximité ; mais maintenant qu'elle savait que tout le cours de la vie du jeune homme en avait été changé, maintenant que leur aventure prenait de la substance et de la réalité, affirmait une existence en dehors de sa conscience troublée – maintenant, ne pas y avoir accepté sa part lui paraissait presque une lâcheté.

Elle prit le chemin du retour comme dans un rêve. Elle se demandait, chaque fois qu'elle croisait quelqu'un, si la douleur et l'extase se lisaient sur son visage. Mais Mrs Sperry, qui l'arrêta au coin de Maverick Street pour lui dire un mot sur la prochaine réunion du club de la Pensée supérieure, parut ne remarquer aucun changement en elle.

Ransom n'était pas encore rentré de son bureau quand elle arriva chez elle, et elle monta directement dans la bibliothèque pour ranger son bureau. Une de ses tâches quotidiennes était de ranger la masse chaotique de ses papiers, et depuis quelque temps elle s'accrochait à ces obligations répétées, comme un être au bord d'un précipice peut se cramponner à de maigres buissons pour ne pas tomber.

Après avoir classé les lettres, elle ramassa quelques journaux et prospectus, pour voir ce qu'il fallait garder. Elle y trouva une page arrachée à un numéro du *Times* de Londres, datant du mois précédent. Elle la parcourut, et une annonce lui sauta brusquement aux yeux.

« Nous sommes priés de vous informer que le mariage projeté entre Mr Guy Dawnish, fils de feu le colonel Roderick Dawnish, de Malby, Wiltshire, et Gwendolen, fille de Mr Samuel Matcher, de Armingham Towers, Wiltshire, n'aura pas lieu. »

Margaret laissa tomber le journal et s'effondra, la face contre le sous-main maculé du bureau. Elle se souvenait de la photographie du court de tennis de Guise – elle se souvenait de la jolie fille vers qui Guy levait les yeux, en riant. Des pleurs la secouaient, ébranlant la surface sèche des sentiments conventionnels, jaillissant de profondeurs insoupçonnées. Elle était triste, si triste... en même temps tellement heureuse... ineffablement, immodérément heureuse.

V

Puis vint une réaction : elle décida de lui écrire. Elle conçut même une lettre de remontrances fraternelles, ou maternelles, où elle lui rappelait qu'il « avait encore toute la vie devant lui ». Mais elle se dit que, au fond, c'était son cas à elle aussi ; et l'argument lui parut donc faible.

Finalement, elle n'envoya pas cette lettre. Il ne lui avait pas parlé de ses fiançailles avec Gwendolen Matcher, et lorsqu'il lui avait écrit, il n'avait fait aucune allusion à des perturbations sentimentales dans sa vie. Elle n'avait eu, pour bâtir sa théorie sur la situation, que les quelques phrases inachevées qu'il avait prononcées près de la rivière. Mais, éclairée par la formule « une affection malheureuse », la théorie se dressait, visible et inamovible, comme un phare guidant la course des navigateurs. Elle avait été aimée... extraordinairement aimée. Mais il avait voulu le lui faire savoir par ses silences, plutôt que par ses paroles. Il avait compris que c'était la seule façon de maintenir leur union dans la transcendance – que, pour rester proche, il fallait s'éloigner. Rompre ce silence aurait été comme renverser une tasse d'eau dans un désert de sable. Rien ne serait resté pour la soif.

Sa vie, dès lors, fut baignée de tranquille beauté. Les jours s'écoulaient comme un fleuve sous la lune – chaque frémissement captait un éclat argenté, pour le transmettre au cœur. Elle reprit intérêt à ses devoirs domestiques. Les tâches qui lui paraissaient naguère insipides ou exaspérantes prenaient maintenant une sorte de douceur sacrificielle, un sens symbolique auquel elle seule était initiée. Elle avait été instable, avec une envie constante de voyager ; maintenant elle avait l'impression de ne plus jamais vouloir quitter Wentworth. Mais si son désir de bouger avait cessé, elle se déplaçait en esprit, faisant d'invisibles pèlerinages sur les traces de son ami. Elle regrettait que son unique et bref séjour en Angleterre l'eût si peu fait sortir de Londres – et de n'avoir guère connu la campagne que par les vitres d'un wagon. Elle se lança dans les cours d'architecture du club de la Pensée supérieure, et se distingua, aux sessions de printemps, par son aisance, sa compétence, son inépuisable curiosité au sujet de l'essor du gothique anglais. Elle ratissa les rayons de la bibliothèque universitaire, emprunta des photographies de cathédrales, et se plongea dans l'in-folio des *Domaines nobiliaires et seigneuriaux*. Elle était semblable à une princesse bannie qui sait qu'elle ne verra jamais ses terres héréditaires, mais a le sentiment de les fouler partout où elle marche.

C'était la mi-mai, et la dernière réunion du club de la Pensée universelle s'annonçait avant les festivités universitaires qui, en début juin, bousculent agréablement la routine sociale de Wentworth. Cette réunion devait se tenir dans le salon de Margaret Ransom qui, la veille, resta chez elle pour se préparer à son double devoir d'hôtesse et d'oratrice – car on l'avait priée de lire le dernier exposé des cours.

Afin d'exprimer avec précision ses connaissances sur le gothique anglais, elle relut des descriptions des caractéristiques structurales des principales cathédrales ; et elle se répétait la phrase : « Les arcs longitudinaux de Lincoln ont une forme approximativement elliptique », quand on frappa à la porte ; et Maria se présenta pour annoncer : « Il y a une dame en bas. »

L'esprit de Margaret dégringola des voûtes enténébrées pour se retrouver au niveau d'une visite d'après-midi à Wentworth.

« Une dame ? Elle n'a pas donné son nom ? »

Maria se troubla. « Elle a seulement dit qu'elle était lady, euh, lady… » Et, en réponse au regard surpris de Margaret : « Enfin, madame, elle me l'a répété trois ou quatre fois. »

Margaret posa son livre, en le laissant ouvert sur la description de Lincoln, et elle descendit lentement l'escalier, tout en se rabâchant : « Les arcs longitudinaux sont elliptiques. »

En y entrant, elle eut l'étrange impression que son petit salon morne et nu débordait de vie et de bruit – impression produite, elle le comprit aussitôt, par une petite personne agitée qui se précipita, bondit presque, vers elle.

Le bond s'arrêta à un mètre de Margaret, et la dame – une inconnue – resta immobile un moment suffisant pour produire sur son hôtesse un vif effet de pâleur, de maigreur, de mordant, avant de déclarer, d'une voix semblant s'adresser à tout un auditoire indiscipliné : « Je suis lady Caroline Duckett… fait que n'a pas semblé parvenir à comprendre la jeune femme qui m'a ouvert. »

Une bouffée de chaleur monta du cœur de Margaret jusqu'à son visage. Elle tendit impétueusement ses deux mains : « Oh, je suis tellement heureuse... je ne m'attendais sûrement pas... »

Sa voix tomba sous le regard scrutateur de sa visiteuse.

« Cela ne m'étonne pas, dit sèchement cette dernière. J'imagine que votre bonne n'a pas davantage mentionné que l'objet de ma visite était de voir Mrs Ransom.

— Oh, bien sûr... asseyez-vous, je vous en prie », fit Margaret en avançant une chaise. Elle-même s'assit à une certaine distance ; son cœur et sa tête bourdonnaient de signaux confus et contrastés. Cette femme sombre et coupante était la tante de Guy... cette « femme intelligente » qui avait eu une vie si difficile, mais avait toujours réussi à garder la tête hors de l'eau. Margaret se souvint que son ami avait parlé de sa gentillesse... peut-être paraîtrait-elle plus gentille quand elles auraient parlé un peu ? En attendant, le principal effet qu'elle produisait était celui d'une amplitude disproportionnée au maigre espace qu'elle occupait. Avec sa silhouette plate et menue, ses vêtements hétérogènes et miteux, elle avait aussi peu d'élégance que n'importe quelle femme de professeur de Wentworth ; mais son manque d'élégance (Margaret chercha à le définir par analogie), son manque d'élégance était en quelque sorte une demi-mesure. Comme un émissaire sans importance d'une grande puissance, elle devait être jugée plus selon ses passeports que d'après son aspect.

Tandis que Margaret recevait ces impressions, lady Caroline, faisant de la tête des petits mouvements d'oiseau, en recueillait d'autres du pâle dépouillement du salon. Ses yeux, de part et d'autre d'un nez pointu comme un bec, semblaient suffisamment séparés pour permettre une vision circulaire ; mais soudain elle les fixa sur Margaret.

« Est-ce vraiment la maison de Mrs Ransom ? » demanda-t-elle sur un ton qui laissait entendre une attente déçue.

Margaret répondit par l'affirmative.

« Parce que vos maisons américaines, surtout dans les villes provinciales, sont si étonnamment pareilles, que j'ai cru m'être peut-être trompée. Et comme j'ai très peu de temps... en fait je reprends le bateau mercredi... »

Elle s'interrompit juste assez pour que Margaret eût le temps de glisser : « Je ne savais pas du tout que vous étiez en Amérique...

—… et j'en ai perdu beaucoup, enchaîna lady Caroline sans prêter attention, à rencontrer des gens que je n'avais pas le moindre désir de voir, donc vous m'excuserez si je vais droit au but. »

Margaret sentit son cœur se nouer. « Je vous en prie », fit-elle, alors qu'une voix intérieure lui criait : « Il est mort… et il m'a laissé un message. »

Il y eut une nouvelle pause ; puis lady Caroline reprit avec encore plus de sécheresse : « Donc, bref, si je pouvais voir Mrs Ransom tout de suite…

— Mais je suis Mrs Ransom ! » s'écria Margaret.

Sa visiteuse posa sur elle ce même regard interloqué qu'elle avait promené sur le mobilier du salon. Puis elle parut soudain comprendre.

« Oh, je vous demande pardon, j'aurais dû préciser que je voulais voir Mrs Robert Ransom. Mais je croyais qu'aux États-Unis vous ne faisiez pas ce genre de distinction. » Elle se tut un instant, mais reprit avant que Margaret n'ait pu répondre. « Après tout, peut-être est-ce aussi bien que je vous voie, vous, puisque vous faites manifestement partie de la maison. Votre fils et sa femme vivent avec vous, n'est-ce pas ? Oui, en somme, cela vaut mieux ainsi. Je vais pouvoir parler avec beaucoup plus de franchise. » Elle disait cela comme si d'habitude les circonstances l'empêchaient de laisser libre cours à cette aptitude. « Et la franchise, en l'occurrence, est la seule façon de se sortir de cette… cette complication extrêmement ennuyeuse. Vous savez, je suppose, que mon neveu se figure être amoureux de votre bru ? »

Margaret eut un léger sursaut, dont son interlocutrice ne tint pas compte. « Oh, ne pensez pas, s'il vous plaît, que je prétends invoquer une morale rigide… comme le fait sa mère, la pauvre petite ! Je peux parfaitement imaginer que dans un coin comme celui-ci… je viens de m'y promener pendant deux heures… un jeune homme de l'âge de Guy ait eu besoin de trouver un peu de distraction. Et il n'est pas du genre à s'engager dans des affaires condamnables. Oh, nous pouvons très bien admettre cela… nous aurions tout admis, s'il n'y avait pas eu comme conséquence grotesque qu'il rompe ses fiançailles et détruise des accords qui engageaient aussi bien d'autres personnes que lui. Je comprends que les choses soient différentes en Amérique… où les jeunes gens, dit-on, ne tiennent compte que d'eux-mêmes. En Angleterre… dans notre milieu, du moins… beaucoup de choses peuvent dépendre du mariage d'un jeune homme ; et, dans le cas de Guy, je puis dire que sa mère et ses sœurs (je ne parle pas de moi, même si je suis concernée) ont été sacrifiées… jetées par-dessus bord… par son absurde lubie. Vous comprendrez la gravité de cette affaire si je vous dis que c'est cela et rien d'autre qui m'a conduite ici. Ma première idée était de m'adresser directement à votre bru pour lui déclarer tout crûment ce que je suis en train de vous dire, puisque elle seule désormais peut changer les choses. Mais, finalement, je trouve que c'est mieux de vous avoir vue d'abord… vous pourrez me donner une idée de l'attitude à adopter avec elle. Je suis prête à me mettre à sa merci ! »

Margaret se leva de son siège, aussi raide à l'extérieur qu'elle était tremblante à l'intérieur.

« Vous ne comprenez pas…, commença-t-elle.

— Oh, mais si ! fit lady Caroline avec un geste coupant. Je comprends parfaitement. Je ne jette aucun anathème sur votre bru. Guy nous a très clairement dit que son affection est… enfin, n'a pas été payée de retour. Mais ne trouvez-vous pas que c'est ce qu'il y a de pire ? Guy se serait bien plus facilement ressaisi si Mrs Robert Ransom avait… n'avait pas…

— Je suis Mrs Robert Ransom ! » s'écria Margaret en un seul souffle.

Lady Caroline, depuis le début de sa visite, avait bien montré qu'on ne la réduisait pas aisément au silence, et le mutisme qui s'empara soudain d'elle en fut d'autant plus frappant. Elle s'immobilisa, ses grandes mains enserrées de bracelets s'agrippant à la maigre écharpe de fourrure qu'elle avait dénouée en entrant, sa voilette d'un noir terne pendant sur une dentelle d'authenticité douteuse, ses lèvres minces entrouvertes sur une expression de stupeur qui semblait s'aiguiser contre ses dents. Ce silence était tellement écrasant et désemparé que Margaret ressentit un élan de pitié au milieu de son indignation – un désir, du moins, de faciliter les excuses qui devraient terminer leur désastreuse conversation. Mais quand lady Caroline retrouva sa voix, ce ne fut pas pour s'excuser.

« Ce n'est pas possible, dit-elle très simplement.

— Qu'est-ce qui n'est pas possible ? bredouilla Margaret, les joues enflammées.

— Je veux dire, il doit y avoir une erreur. Est-ce qu'il y a deux Mrs Robert Ransom dans cette ville ? Vos arrangements conjugaux sont si bizarres. » Une lueur la traversa. « Oh, je vois ! J'aurais dû bien sûr demander Mrs Ransom Junior ! »

Cette idée la fit se lever avec une impétuosité qui signifiait qu'elle n'avait plus de temps à perdre.

« Il n'y a aucune autre Mrs Robert Ransom à Wentworth, déclara Margaret.

— Aucune autre… pas de Junior ? Vous êtes sûre ? » Lady Caroline se laissa de nouveau tomber sur son siège. « Alors je ne comprends vraiment pas », murmura-t-elle.

La rougeur de Margaret s'était fixée sur ses tempes palpitantes. Elle resta debout, tandis que son étrange visiteuse la regardait avec une perplexité où la conscience d'avoir commis un impair n'avait manifestement aucune part.

« Je ne comprends vraiment pas », répéta cette dernière.

Puis elle se leva brusquement, d'un air inspiré, et posa sa main sur le bras de Margaret. « Mais, chère madame, vous pouvez quand même nous aider à nous en sortir. Vous pouvez nous aider à découvrir de qui il s'agit… vous le ferez, n'est-ce pas… car, comme ce n'est pas vous, rien de ce que j'ai dit n'a pu vous embarrasser… »

Margaret se dégagea pour reculer d'un pas, mais lady Caroline lui reprit le bras avec insistance.

« Évidemment, je comprends que si cela avait été vous, vous auriez pu être ennuyée. Il se peut que j'aie parlé étourdiment… mais je dois dire que je suis tellement étonnée par ce nouvel aspect de l'affaire… par le fait qu'il vous ait utilisée comme un prétexte… que je ne sais vraiment pas vers qui me tourner pour éclairer ce mystère… »

Elle continuait d'empoigner Margaret, qui se libéra avec plus de détermination, en répliquant : « Je crains de n'avoir aucune lumière à vous donner… »

Sa visiteuse l'empoigna une fois de plus. « Oh, je vous en prie, comprenez-moi ! Je condamne très fortement Guy d'avoir utilisé votre nom… alors que nous savons tous à quel point vous avez été aimable pour lui ! Je n'ai rien à dire pour sa défense… mais le plus important, maintenant, c'est de savoir qui est la femme, puisque ce n'est pas vous ! »

Cette phrase résonna bruyamment comme si les pâles cloisons puritaines en renvoyaient l'écho frémissant. Dans le silence qui suivit, Margaret sentit son sang rentrer dans son cœur ; puis elle dit, d'une voix calme et distincte : « J'ignore tout de l'histoire de Mr Dawnish. »

Lady Caroline prit un air stupéfait. Sa main égarée s'agrippa à son boa, qu'elle noua machinalement autour de son long cou.

« Cela nous aiderait énormément… nous, et aussi cette pauvre Gwendolen Matcher, persista-t-elle d'un ton suppliant. Et vous rendriez un grand service à Guy lui-même. »

Margaret resta immobile et muette, tandis que sa visiteuse enfilait un des gants usés qu'elle avait ôtés pour ajuster sa voilette, à laquelle elle donna ensuite une touche finale.

« J'ai fait cet immense voyage, dit-elle, et vraiment, puisque ce n'est pas vous, je ne vois vraiment pas pourquoi vous ne voulez pas m'aider… »

Après le départ de lady Caroline, Margaret voulut se réfugier dans sa chambre. Montant l'escalier avec peine, elle se souvint avec quelle vivacité elle avait franchi ces mêmes marches le jour où elle était allée contempler dans le miroir sa rougeur juvénile, après la visite de Guy Dawnish.

Une fois dans sa chambre, elle verrouilla la porte comme elle l'avait fait ce jour-là, et se regarda de nouveau dans l'étroit miroir de sa coiffeuse. Cela faisait tout juste un an… les ormes retrouvaient leur feuillage, les saules déployaient leur voile de verdure autour du banc près de la rivière. Mais elle ne vit plus aucune trace de jeunesse dans son visage… elle le voyait maintenant tel que les autres l'avaient sans doute toujours vu. S'il avait paru tel aux yeux fanés de lady Caroline Duckett, quel aspect avait-il dû avoir au frais regard de jeune Guy Dawnish ?

Un prétexte… elle avait été un prétexte. Il avait utilisé son nom pour dissimuler une autre femme… ou peut-être simplement pour échapper à une situation pesante. Elle n'avait pas envie de sonder ses motifs : tout ce qui le concernait était devenu lointain et étranger. Elle n'éprouvait aucune colère, seulement une indicible tristesse – une tristesse qui, elle le savait, ne serait jamais apaisée.

Elle se regarda longtemps et froidement : elle désirait débarrasser ses yeux de toute illusion. Puis elle alla s'asseoir dans son rocking-chair, près de sa table d'ouvrage. De là, elle pouvait observer la rue vide sous l'ombre des ormes, où elle était sûre de voir approcher son mari à cette heure du jour. Elle le verrait bientôt… elle le verrait durant de nombreuses années à venir. Et ce fut pour elle toute une vision douloureuse de cette longue file d'années. Il était étrange que, n'étant plus jeune, on eût encore, en toute probabilité, tant d'années à vivre !

Rien n'avait changé dans sa vie, et rien peut-être ne changerait jamais. Elle continuerait de vivre et mourrait sûrement à

Wentworth. Et, en attendant, les journées se dérouleraient comme d'habitude, avec les obligations coutumières. Alors que ces mots répétés grinçaient dans son esprit, elle se rappela soudain qu'il lui fallait encore achever l'exposé qu'elle devait faire le lendemain après-midi à la réunion du club de la Pensée supérieure.

Le livre dont elle avait interrompu la lecture une heure plus tôt était encore posé près d'elle, à plat, ouvert à la même page. Elle le prit et, lentement, péniblement, comme un enfant ânonnant syllabe par syllabe, elle lut le reste de la phrase :

« ... et ils s'élèvent à peu de hauteur au-dessus du surgissement des ogives diagonales et transverses, disposées de façon à conférer une courbure convexe à la surface de la voûte conoïde... »

1908

LE DIAGNOSTIC

I

« Aucune raison de s'inquiéter… absolument aucune. Rien du tout… c'est bien ce qu'ils ont dit ! » Paul Dorrance se leva de son bureau pour s'approcher de la fenêtre. Son appartement, perché en hauteur, était orienté vers le sud et donnait sur ce quartier de tours qui formait, par-delà Wall Street, le centre tumultueux, le symbole visible, de sa vie active. Il poussa un grand soupir de soulagement ; sous la carapace de son incrédulité, un sentiment de réconfort intime l'envahissait peu à peu. Les deux éminents médecins qu'il venait de consulter lui avaient affirmé qu'il irait parfaitement bien dans quelques mois ; que ses craintes n'étaient pas fondées ; qu'il lui fallait seulement prendre des distances avec son travail pour retrouver son équilibre physique et mental. Dorrance avait souri, d'un air approbateur, et avait grommelé intérieurement : « Quels monstrueux charlatans ! Comme si je ne savais pas comment je vais ! » Mais, un quart d'heure plus tard, le charme magique de leurs propos avaient opéré sur lui et, avec une ardeur timide, il s'abandonna à une sensation de regain de vie. « Bon sang, je me sens vraiment mieux ! » marmonna-t-il. Et il revint brusquement vers son bureau, en s'avisant qu'il n'avait pas encore pris son petit déjeuner. C'était la première fois depuis des mois qu'il s'en souciait ! Il donna un coup de coude sur la sonnette puis, avec un demi-sourire d'excuse, déclara à son valet que… eh bien, oui… les médecins lui avaient prescrit de manger davantage… Il prendrait peut-être un œuf ou deux avec son café… oui, avec du bacon… Il piétina d'impatience en attendant d'être servi.

Ayant fini son petit déjeuner, il parcourut les journaux avec le regard nonchalant d'un être susceptible de voir encore durant de nombreuses années la comédie humaine se dérouler devant lui. « Rien ne presse, après tout », pensa-t-il vaguement. Une formule qui le hantait depuis quelque temps – « le char ailé du Temps » – recula dans les régions du pur esthétisme, puisque dans son cas les ailes semblaient se replier. « Il n'y a aucune raison pour que vous ne viviez pas vieux. » C'était curieux à entendre, à quarante-cinq ans. Qu'appelait-on être vieux, à présent ? Il s'était toujours figuré ne pas avoir envie de vivre vieux ; et maintenant il commençait à se demander quel sens il attribuait à ce mot, « vieux ». Certes aucun qu'il pût appliquer à lui-même. Peut-être serait-il métamorphosé un de ces jours en un vieil homme... et alors ? Ce jour était trop lointain pour pouvoir se dessiner dans son imagination. Quoi, la vieillesse désormais ne commençait pas avant soixante-dix ans ! On lisait sans cesse des articles sur de vigoureux vieillards célébrant leur centième anniversaire... parfois en se remariant. Dorrance se perdit dans d'agréables méditations sur la longévité croissante de la race humaine, en songeant à la génération de ses grands-parents, infirmes et édentés à un âge où leurs descendants restaient alertes et carnivores.

Après la lecture des journaux, il réfléchit à de séduisantes perspectives de voyage. Un homme actif sommé d'interrompre son travail ne pouvait sûrement pas rester à New York. Des noms évoquant la paresse et les vêtements d'été flottèrent dans son esprit : les Antilles, les Canaries, le Maroc... pourquoi pas le Maroc, où il n'était jamais allé ? Et, à partir de là, il pourrait partir visiter l'Espagne. Il se leva pour prendre un guide de voyage dans sa bibliothèque, mais, alors qu'il en parcourait debout les pages avec une insouciance presque béate, une idée l'arracha soudain à son rêve. « Je suppose que je devrais la mettre au courant », dit-il à haute voix.

Il devait évidemment la mettre au courant ; mais cette seule pensée fit déferler toute une série de complications, d'obligations, d'explications... dont la masse étouffante lui coupa la respiration. Il s'appuya contre son bureau, les yeux fermés.

Mais bien sûr elle comprendrait. Les médecins disaient qu'il irait bien, et elle s'en satisferait. Elle admettrait qu'il dût partir pour quelques mois ; pour une année, peut-être. Elle ne pourrait pas partir avec lui ; c'était certain ! Donc, il n'y avait aucune raison d'en faire toute une histoire. Progressivement, insidieusement, se glissa dans son esprit l'idée... d'abord une simple esquisse de suggestion... que ce pourrait être le moment de la pousser, oh, avec beaucoup de précaution, à reconnaître que les choses ne dureraient pas éternellement... rien ne durait éternellement... et que, à l'âge qu'il avait, avec un espoir de regain de santé, un homme avait raisonnablement le droit d'avoir son propre point de vue, ses propres projets, de penser au mariage...

un mariage avec une jeune fille… des enfants… une maison à la campagne… Il se perdit dans cette vision comme dans ses rêves de voyage…

Mais, en attendant, il devait l'informer du diagnostic. Elle s'était terriblement inquiétée pour lui, il le savait, même si elle avait fait front avec son courage habituel. (Ne se pouvait-il pas, dans l'indépendance d'esprit que lui procurait sa santé retrouvée, qu'il s'avouât à mots couverts que ce fameux « courage » lui tapait parfois sur les nerfs ?) Oui, cela avait été dur pour elle ; plus dur que pour quiconque ; il se devait de lui dire tout de suite que tout allait très bien ; très bien pour lui. Et, avec sa magnifique générosité, elle ne penserait qu'à cela… d'abord. Pauvre petite ! Il avait l'impression d'entendre ses cris de bonheur. « Vraiment… vraiment, c'est bien vrai ? Ils ont dit cela tous les deux ? Tu en es sûr ? Oh, évidemment, je l'ai toujours su… ne te l'ai-je pas toujours dit ? » Un ange, oui ; mais il avait toujours su ce qu'elle pensait… Il se tourna vers le bureau pour décrocher le téléphone.

Ce faisant, il aperçut une feuille de papier sur le tapis, à ses pieds. Il avait une bonne vue : il déchiffra aussitôt l'en-tête au nom de l'éminent spécialiste que son médecin traitant avait amené le matin même. Peut-être était-ce une des trois ou quatre ordonnances qu'ils lui avaient laissées ; un courant d'air avait dû la faire tomber de la table. Il se pencha pour la ramasser.

La vérité se trouvait là. Son sort était inscrit sur ce papier égaré sur le sol. Les deux médecins avaient formulé leur diagnostic, et avaient oublié de l'empocher en partant. Il y avait la date, et leurs deux signatures… aucun doute n'était permis. Paul Dorrance resta un long moment assis à son bureau, avec la feuille étalée devant lui. Il appuya son menton sur ses mains croisées, ferma les yeux, et tenta de se frayer un chemin dans des ténèbres illimitées…

Tout, tout sauf les bruits et les rumeurs du monde extérieur ! S'il avait eu la force de bouger, il serait allé fermer les rideaux, et se serait lové dans son fauteuil, en pleine obscurité, pour s'accommoder à cette nouvelle réalité… l'unique réalité pour lui, désormais. Car quelle autre réalité pouvait compter devant le fait qu'il était condamné… qu'il était mourant ? Ces deux crapules l'avaient découvert, et lui avaient menti ! Et, lui ayant menti, dans la hâte de leur cynisme professionnel, ils avaient rédigé devant lui sa sentence de mort, et avaient oublié de l'emporter, au risque qu'elle lui sautât aux yeux, tombée sur le sol.

Oui, tout cela aurait été moins dur à supporter dans le noir, dans une pièce coupée de toutes les rumeurs de la vie. Mais se lever pour tirer les rideaux était au-dessus de ses forces. Il lui était plus facile de rester assis, et de faire l'obscurité en pressant ses poings contre ses paupières. « Eh bien, mon pauvre vieux... voilà donc ce que c'est que d'avoir un pied dans la tombe... »

Oui, mais s'il avait su qu'il avait un pied dans une tombe déjà béante, infiniment plus importante et réelle que toutes les bêtises pour lesquelles on perdait tant d'années... si quelqu'un le lui avait dit... alors il aurait pu agir différemment, placer les choses dans une autre perspective, soupeser, choisir, éliminer... Oh non ! Mille fois non ! S'avouer vaincu ? S'avancer la tête basse vers sa tombe avant même qu'elle ne fût creusée ? Sa sottise avait été de ne pas avoir assez profité de la vie... d'avoir toujours sélectionné, soupesé, choisi, éliminé, placé les choses en perspective... bon Dieu ! Alors que le temps pressait, qu'il fallait boire à la coupe avant qu'elle ne fût fêlée, et déguster le nectar tant qu'on était encore capable d'avaler !

Enfin... à quoi bon les regrets ? Ce qui était fait était fait... et ce qui n'avait pas été fait resterait tel en toute éternité. L'éternité... qu'est-ce que cela signifiait ? Comment des êtres éphémères titubant à l'aveuglette vers leur tombe durant quelques brèves années pouvaient-ils saisir la moindre bribe du sens de ce mot ? Ah, c'était pitoyable... pitoyable, pitoyable ! Car c'était la pitié qui affleurait à la surface des pensées de Dorrance. De la pitié pour les millions d'aveugles tâtonnant comme lui, les millions et les millions qui, comme lui, s'étaient crus en vie, pour s'apercevoir qu'ils étaient morts ! Malheureux mortels, rendus frères par une même graine d'anéantissement... il avait envie de les aider, il grimaçait à l'idée d'en avoir blessé certains, par l'indifférence de sa vitalité arrogante ! Combien d'autres existences avait-il épuisées durant le cours si bref de la sienne ? Sans s'en rendre compte, bien sûr... c'était ce qu'il y avait de pire ! La vieille gouvernante qui s'était éreintée à son service, quand il était enfant, et qui avait disparu de sa vie, pour être ensuite retrouvée, des années plus tard, misérable, abandonnée, mourante... enfin, pour elle, il avait fait ce qu'il pouvait. Et ce jeune homme décharné, à son bureau, avec sa toux exaspérante, qui aurait sans doute pu être sauvé, si on lui avait donné congé plus tôt ? Rivé à son travail parce qu'il avait une famille à nourrir... évidemment ! Et ce vieux comptable, déjà employé de son père, qui était sourd et à moitié aveugle, et qui ne voulait pas s'en aller, avant qu'on l'en eût aimablement prié... C'était en somme avec ce matériau humain que lui, Paul Dorrance, avait bâti sa vie d'aisance et de succès. Mais non, quelle bêtise ! Il s'était toujours montré juste et généreux, chaque fois qu'il s'était aperçu qu'il avait tort. Seulement, il ne leur avait pas vraiment manifesté de pitié, il avait pensé régler sa dette en leur donnant un chèque ou en leur trouvant une place dans un asile. Or, la pitié, il s'en rendait compte maintenant... oh, la barbe, il raisonnait comme dans un roman russe ! Bêtises... bêtises... chacun avait son tour, tôt ou tard ! La seule façon de réformer le Monde était d'en éradiquer la Mort. Et, bien au contraire, la Mort était toujours là, était là maintenant, à la porte, dans cette pièce, dans son dos... sa Mort à lui, sa spéciale, particulière, personnelle Fin-de-Tout. Maintenant ! Il écarta ses mains de ses yeux. Elles étaient humides.

Il y eut un coup de sonnette timide et la porte s'ouvrit derrière lui. Il entendit le valet annoncer : « Mrs Welwood ». Il se leva, clignant des yeux devant cette brusque lueur de réalité. « Mrs Welwood » ! Tout continuait, encore et encore... les gens autour de lui se comportaient exactement comme s'il n'était pas condamné... la porte se referma.

« Eleanor ! »

Elle se précipita vers lui. Comme elle lui paraissait proche, vivante, oppressante ! Elle venait rarement dans son appartement... il se demanda vaguement pourquoi elle était venue aujourd'hui.

Elle balbutia : « Que s'est-il passé ? Tu avais promis de téléphoner à dix heures. J'ai appelé plusieurs fois. On m'a dit que ça ne répondait pas. »

Ah, oui... il s'en souvenait maintenant. Il regarda l'appareil, qu'il avait laissé décroché sur le bureau lorsqu'il avait aperçu par terre la feuille de diagnostic. Tout cela s'était produit dans sa vie antérieure... avant... Enfin, elle était là. Très pâle, les yeux légèrement gonflés. Mais elle était tellement saine et vigoureuse... si manifestement dénuée de maladie. Curieux ! elle aussi avait pleuré. Il se tourna instinctivement, pour se placer à contre-jour devant elle.

« Qu'est-ce que c'est que cette histoire, ma chérie ? » fit-il d'un ton léger.

Elle rougit un peu, et répondit d'une voix hésitante, comme s'il l'avait prise en faute : « Quoi, il est presque une heure ! Tu m'avais dit que la consultation était à neuf heures. Et tu m'avais promis... »

Oh oui, bien sûr... il avait promis... Dans cette lumière dure qui frappait son visage blême et ses lèvres minces, elle avait l'air d'avoir vingt ans de plus. De plus que quoi ? Après tout, elle avait largement dépassé la quarantaine, et elle n'avait jamais été belle. Pauvre Eleanor... oh, pauvre Eleanor !

« Oui, d'accord, c'est ma faute, reconnut-il. J'ai dû appeler quelqu'un (petit mensonge pour gagner du temps) et oublier de raccrocher. Tiens, regarde ! Voilà la pièce à conviction ! » Il lui prit les deux mains... elles tremblaient... et l'attira contre lui... elle, Eleanor Welwood, qui depuis quinze ans lui pesait si lourdement sur la conscience.

En lui tenant les mains, il eut une vision de leurs premiers rendez-vous, et il s'efforça de retrouver son propre état d'esprit à l'époque. Il avait été charmé ; mais jamais au point de désirer qu'elle fût libre de l'épouser. Elle avait pour mari un homme agréable ; tous trois appartenaient au même milieu, et cela faisait une relation des plus plaisantes. Dorrance avait de plus le prétexte de sa mère infirme, qui vivait avec lui et qu'il ne pouvait quitter. Il avait tacitement été convenu qu'il ne fallait en rien perturber les habitudes domestiques de la vieille Mrs Dorrance. Donc, en ce qui le concernait, son amour s'était peu à peu refroidi (ou peut-être avait mûri) en une amitié. Et lorsqu'il avait été libéré par la mort de sa mère, il lui était resté l'obstacle commode de Horace Welwood. Horace Welwood ne mourut pas ; mais, un jour, il « accorda », comme on dit, le divorce à sa femme. Cette nouvelle avait coûté à Dorrance deux nuits d'insomnie. Mrs Welwood obtint discrètement le divorce dans un État lointain et accommodant. Mais, en réalité, Horace Welwood avait bien répudié sa femme, et cela à cause de Paul Dorrance. Dorrance le savait, et savait qu'Eleanor savait qu'il le savait. Mais il avait gardé la tête froide, et elle avait fait taire son cœur. La vie avait continué comme auparavant, sauf qu'il lui était plus facile de voir une divorcée, et qu'il pouvait téléphoner chez elle quand il en avait envie. Et ils restèrent les plus tendres des amis.

Il y avait souvent réfléchi, avec une satisfaction toujours croissante envers sa propre habileté. Il avait conservé sa liberté, conservé le dévouement de sa maîtresse... ou du moins autant de dévouement qu'il en voulait... et s'était prouvé à lui-même que la vie n'était pas si mauvaise que ça lorsqu'on savait y faire.

C'était ce qu'il avait l'habitude de penser… et puis, soudain, deux ou trois heures plus tôt, il s'était mis à tout voir autrement, et ce qu'il considérait comme de l'habileté avait dévoilé son vrai visage d'impitoyable égoïsme.

Il continuait de regarder Mrs Welwood, comme pour chercher dans son visage quelque chose qu'il devait absolument trouver. Il vit ses lèvres tremblantes, des larmes au bord de ses cils, ses traits se dissolvant dans un brouillard de crainte et d'incrédulité. « Ah… c'est plus fort qu'elle ! Elle ne sera pas “courageuse”, cette fois-ci », pensa-t-il avec une incontrôlable satisfaction. Il lui semblait nécessaire, à ce moment-là, de se décharger sur quelqu'un du sentiment de sa condamnation… de faire mourir quelqu'un, du moins moralement, puisqu'il allait mourir. Cette intuition étrange et nouvelle – cette soudaine et bizarre capacité de « lever le voile » – lui avait déjà suggéré que la plupart des personnes qu'il connaissait ne seraient nullement affectées par son sort, même si elles croyaient en être navrées ; elles seraient intérieurement aussi peu ébranlées qu'il avait pu l'être, dans la plénitude de sa vigueur, quand on lui annonçait : « Oh, le pauvre Untel… vous ne saviez pas ? Les médecins l'ont condamné. »

Avec Eleanor, c'était différent. Pâle et décomposée sous son regard, elle lui renvoyait presque le reflet de sa propre agonie, et il lui semblait déjà voir ce dont elle aurait l'air si elle était *sa* veuve… *sa* veuve ! Pauvre petite ! Veuve, elle serait libre d'exhiber son deuil, elle pourrait clamer son amour et son chagrin. Peut-être était-ce le seul réconfort qu'il pût encore lui donner… ou qu'elle pût lui apporter. Car la tombe serait sans doute moins froide si elle l'arrosait de chaudes larmes. Cette pensée fit jaillir ses propres larmes, et il la serra contre lui. Son premier souhait était de voir à quoi elle ressemblerait si elle était soudain heureuse. Son amie… sa seule amie ! Il avait envie de la consoler de ses duretés passées.

« Eleanor…

— Tu ne vas pas me le dire ? supplia-t-elle.

— Mais si, bien sûr. Seulement, je veux que tu me promettes d'abord quelque chose…

— Oui.

— Tu vas d'abord me promettre de faire ce que je vais te demander. »

Il lui serrait fort les mains, et pourtant elles continuaient de trembler. Elle balbutia : « Ne l'ai-je pas toujours fait ? »

Il déclara d'une voix lente : « Je veux que tu m'épouses. »

Elle trembla de plus belle, puis se calma. L'ombre de sa peur terrible disparut en elle, comme l'ombre de la vie s'efface du visage d'un défunt. Ses traits s'éclaircirent, rajeunirent, le sang colora ses lèvres et ses joues.

« Oh, Paul, Paul... alors, les nouvelles sont bonnes ? »

Il eut un léger haut-le-cœur devant tant d'aveuglement. Après tout, elle était vivante (ce n'était pas de sa faute), elle était simplement vivante, comme tout le reste... Il répondit avec magnanimité : « Nous avons autre chose à quoi penser, maintenant. » Mais il grognait en lui-même : « *Sancta simplicitas !* »

Elle avait cru qu'il lui avait demandé de l'épouser parce que les nouvelles étaient bonnes !

II

Ils se marièrent presque aussitôt, et aussi simplement que possible. La mauvaise santé de Dorrance, déjà plus ou moins connue de ses amis proches, était un prétexte suffisant pour abréger la cérémonie ; et, le lendemain, le couple s'embarquait pour l'Europe.

Dorrance n'avait pas revu les deux médecins qui l'avaient condamné. Il avait interdit à Mrs Welwood de parler du diagnostic, à lui, ou à quiconque. « Pour l'amour du ciel, n'en faisons pas un drame ! » ordonna-t-il. Et elle acquiesça.

Il lui avait montré le diagnostic dès qu'elle lui avait promis de l'épouser ; et, pendant qu'elle lisait, il s'était empressé de lui déclarer qu'il n'avait évidemment aucune intention de la contraindre à tenir sa promesse. « Je voulais simplement t'entendre dire "oui" », lui déclara-t-il d'un ton si sincèrement ému qu'il s'y trompa autant qu'elle. Il était certain qu'elle refuserait de se désister ; sinon, il ne lui aurait sûrement pas proposé. Car il sentait maintenant qu'il devait l'épouser ; il ne pouvait tout bonnement pas affronter seul ses derniers mois à vivre. Il avait bien cru un instant qu'il lui avait demandé de l'épouser pour acquitter une vieille dette sentimentale, pour la rendre heureuse avant qu'il ne fût trop tard ; mais la bourrasque de ses peurs secrètes avait aussitôt balayé cette illusion comme un fétu de paille. Un nouveau courant d'égoïsme, plus rapide et violent que l'autre, lui dictait ses paroles et ses gestes… et il s'en rendait compte. Il se mariait uniquement pour placer une sentinelle entre lui-même et le spectre rôdant à sa porte… avec ce même instinct superstitieux qui poussait jadis les peuples à conjurer la mort par des sacrifices humains. Tout confiant qu'il était, il avait obscurément craint qu'elle ne se dérobât, tant qu'il ne lui aurait pas glissé la bague au doigt ; et il avait éprouvé une sorte d'extase de réconfort et de gratitude en sortant dans la rue avec cette captive à son bras. Ne se pouvait-il pas, après tout, qu'ils parvinssent à tromper la mort, à eux deux ?

Ils débarquèrent à Gênes, et se dirigèrent par petites étapes vers les Alpes autrichiennes. Le voyage semblait faire du bien à Dorrance ; il supportait la fatigue d'une façon inespérée ; il savait que sa compagne attentive remarquait cette amélioration, bien qu'elle s'abstînt d'insister. « Surtout, pas d'optimisme forcé ! » avait-il exigé avec un demi-sourire, après lui avoir appris qu'il était condamné. « Sois ma femme si tu penses pouvoir le supporter, mais n'essaie pas de me faire croire que je vais bien. »

Elle lui obéit à la lettre ; elle veilla à son confort, lui épargna les fatigues et les agitations inutiles, lui présenta soigneusement, sur le plateau brillant de sa vigilance, les fleurs du voyage débarrassées de leurs épines. Les qualités qui avaient fait d'elle une maîtresse parfaite – l'effacement de soi, le sens de l'opportunité, l'art de n'être présente et visible que lorsqu'il le lui demandait – faisaient d'elle (il devait le reconnaître) une épouse idéale pour un homme exclusivement rivé à la contemplation de sa propre fin.

Ils se rendaient à Vienne, où un savant célèbre avait, disait-on, découvert de nouveaux moyens de soulager les souffrances causées par les maladies comme celle de Dorrance, et même parfois (mais cela, ils n'en parlèrent pas entre eux) de les maîtriser, d'en retarder l'issue fatale durant des années. « Je dois à cette pauvre petite de tenter tout ce qui est possible », raisonna-t-il spécieusement, pour masquer son propre désir passionné de s'en remettre au grand spécialiste. « Si elle veut enchaîner le plus longtemps possible sa vie à un mourant, comment pourrais-je l'en empêcher ? » pensa-t-il en misant sur les espoirs que pouvait apporter un nouveau diagnostic. « D'ailleurs, il faut reconnaître que je souffre moins, depuis quelque temps… »

Il fut convenu qu'il irait seul en consultation ; Eleanor devait l'attendre à l'hôtel. « Mais tu reviendras tout de suite après ? Tu prendras un taxi… tu ne rentreras pas à pied ? » avait-elle insisté, avouant pour la première fois son inquiétude. « Elle sait que mes heures sont comptées, et elle ne veut pas en perdre une seule », pensa-t-il, la gorge nouée. En se penchant pour lui donner un baiser, il songea de nouveau à ce que ç'aurait été pour lui, après l'entretien qui s'annonçait et le verdict dont il se méfiait déjà, de revenir dans un hôtel où personne ne l'aurait attendu, de rester dans une chambre déserte, face à face avec son destin fatal. « Tu es un ange… bien sûr, je prendrai un taxi… »

Après avoir vu le spécialiste, il resta un instant immobile dans la rue, les yeux levés vers les branches noires qui se découpaient à la lueur des réverbères. Quelle merveille, un soir d'été, même dans la cohue d'une grande ville ! Il s'étonna de n'avoir encore jamais été sensible à un charme pareil. Le ciel derrière les arbres passait d'un gris perle à un bleu sombre semé d'étoiles. Inconscient de l'heure, il observa la course des passants, le flot continu de la circulation, ce flux incessant de vie citadine dont, une demi-heure plus tôt, il s'était senti exclu à jamais...

« Non, c'est trop agréable ! Je vais marcher », se dit-il en se redressant. Et il prit une direction opposée à celle de l'hôtel. « Après tout, rien ne presse... Quelle ville agréable ! Je crois bien que j'aimerais y vivre... », songea-t-il en flânant sous les arbres de Vienne.

Quand enfin il arriva devant l'hôtel, il s'arrêta net en se demandant : « Comment vais-je le lui dire ? » Il se rendit compte que durant ses deux heures de promenade, depuis qu'il avait quitté le cabinet du médecin, il n'avait réfléchi à rien, n'avait rien préparé, n'avait même pas laissé son imagination s'envoler vers l'avenir ; il s'était simplement laissé porter par les douces palpitations de la vie environnante, comme un voyageur éreinté qui se plonge en fin de parcours dans un bain tiède. Ce n'était que maintenant, au pied de l'escalier, qu'il se voyait face à l'avenir, et comprenait qu'il n'était pas davantage préparé à retrouver la vie qu'il ne l'avait été à la quitter... « Pourvu qu'elle prenne cela avec calme... sans trop faire d'histoire », pensa-t-il, redoutant d'avance les perturbations qui pouvaient menacer ces eaux tranquilles où il était si délicieux de se fondre.

« Ce diagnostic de New York était une erreur... une complète erreur », commença-t-il brutalement. Puis il se tut, arrêté par une expression sur le visage de sa femme qui semblait opposer une résistance muette à ce qu'il lui annonçait. Il avait craint qu'elle ne se montrât trop émotive... et maintenant, que se passait-il en elle ? Allait-il lui en vouloir pour ce masque impassible qu'elle s'était sans aucun doute efforcée de se composer durant ses longues heures d'attente. Il la regarda dans les yeux : « J'imagine que tu ne me crois pas », fit-il en éclatant d'un rire nerveux.

Elle s'approcha vivement de lui. « Oh, mais si, bien sûr ! » Elle parut un instant hésiter. « Ce à quoi je n'ai jamais cru, repritelle brusquement, c'est à l'autre... au diagnostic de New York. »

Il garda les yeux fixés sur elle, vaguement irrité par cette nouvelle attitude et la pointe de cynisme qu'elle comportait. Il se sentit soudain diminué en face d'elle, comme si elle le démunissait rétrospectivement de quelque prérogative. Si elle n'avait pas cru au diagnostic de New York, comment l'avait-elle intimement considéré, lui, durant tout ce temps ? « Oh, tu n'y as jamais cru ? Et puis-je te demander pourquoi ? » Il entendit une nuance de sarcasme dans sa propre voix.

Elle se mit à rire, presque aussi nerveusement que lui. « Je... je n'en sais rien. J'imagine que je ne pouvais pas le supporter, tout simplement. Je ne pouvais pas croire que le sort puisse t'être aussi cruel. »

Il répliqua d'un ton toujours ironique : « Je suis heureux que tu aies eu ton incrédulité pour te soutenir ! » Mais il pensa : « Pas une larme... pas un mouvement d'émotion... » Et son cœur, dilaté par un énorme influx de vie recouvrée, se contracta soudain comme une outre débouchée et vidée de son contenu. « Drôle d'histoire ! grommela-t-il.

— Quoi donc, mon chéri ?

— Le fait de se trouver de nouveau en vie. Je ne suis pas sûr de savoir encore en quoi ça consiste. »

Elle le serra dans ses bras, avec une sorte de timidité : « Nous essayerons de le savoir, mon amour... ensemble. »

III

Ce magnifique don de la vie, que le médecin viennois lui avait restitué avec autant de promptitude que ceux de New York le lui avaient ôté, se présentait à Paul Dorrance comme un élément extérieur, étranger à lui, un honneur, une décoration officielle, qu'on lui accordait inopinément : ce fut alors seulement qu'il comprit à quel point il s'était détaché de la vie. La vie pour lui avait été comme une tumeur extirpée par le scalpel d'un chirurgien, le laissant pâle et désincarné, au bord de l'anéantissement. Durant tout ce temps où il n'avait cessé de se dire : « Dans quelques semaines tout au plus, je serai mort », n'avait-il pas profondément senti qu'il était déjà mort ?

« Mais qu'allons-nous faire maintenant, mon chéri ? entendit-il sa femme lui demander. De quoi as-tu envie ? Veux-tu que nous rentrions à New York ? Veux-tu que je télégraphie pour qu'on prépare l'appartement ? »

Il la regarda avec stupeur, heurté par tant d'insensibilité. Rentrer à New York ? Reprendre son ancienne vie ? Pensait-elle vraiment que ce fût possible, simple, normal ? Quoi, il n'avait plus sa place dans le petit espace qu'il avait occupé là-bas ; il s'en sentait aussi définitivement exclu que s'il était parti depuis des années. Et puis que voulait-elle dire par « rentrer » ? L'ancien Paul Dorrance qui avait rédigé son testament, bouclé ses affaires, démissionné de ses clubs et de ses conseils d'administration, pensionné ses domestiques et épousé sa maîtresse... ce Dorrance-là était aussi mort que s'il avait franchi le pas fatal dont tous les autres n'étaient que des préparatifs précipités. Quant au Dorrance à qui le spécialiste viennois avait affirmé : « Un cancer ? Absolument pas... pas la moindre trace. Rentrez dire à votre femme que dans quelques mois vous serez vigoureux comme le sont peu d'hommes de votre âge... », ce nouveau Dorrance, avec sa nouvelle santé, son nouveau loisir et sa nouvelle épouse, était un intrus pour qui il fallait inventer toute une nouvelle existence. Et on ne pouvait rien décider avant de connaître un peu mieux ce nouveau Dorrance.

Sentant que sa femme attendait une réponse, il déclara : « Oh, il se peut que ce type se trompe complètement. En tout cas, il veut que j'aille d'abord faire une cure… j'ai noté l'adresse quelque part. Après quoi, nous verrons… Mais pourquoi ne pas voyager pendant un an… Qu'en dis-tu ? Nous pourrions passer l'hiver prochain en Inde ou en Afrique… », proposa-t-il à tout hasard, en cherchant à citer les endroits du globe les plus éloignés possibles de New York.

IV

La cure fut une réussite, le diagnostic du spécialiste viennois se révéla exact ; et les époux Dorrance célébrèrent cet événement en voyageant deux années à l'étranger. Mais Paul Dorrance ne connut plus jamais l'extase infinie qu'il avait éprouvée en sortant de consultation dans les rues estivales, à la lueur des réverbères. L'effort de réadaptation avait commencé dès qu'il était rentré à l'hôtel, et n'avait pas cessé depuis.

Les voyageurs, fatigués de faire leurs bagages, s'étaient installés pour quelques mois à Florence, charmés par une villa à arcades sur une colline entourée de cyprès, et le nouveau Paul Dorrance, que l'ancien avait la tâche constante d'observer et de calmer, s'était bercé de l'idée d'une retraite cultivée. Mais il se lassa vite de ses études, et voulut oublier dans de continuels déplacements son incapacité à réfléchir et à assimiler. Au bout de deux années, l'ancien Paul Dorrance, qui s'était constitué guide et tuteur du nouveau, découvrit que le nouveau et l'ancien ne faisaient qu'un, et que le Paul Dorrance original était toujours là, inchangé, inchangeable, et impatient de retrouver son ancienne niche car il était trop tard pour qu'il s'adaptât à une autre. Donc, l'appartement fut préparé, et les époux Dorrance rentrèrent à New York.

Le nouveau Paul Dorrance eut la preuve de sa parfaite identité avec l'ancien dès le premier soir de son retour. Il se retrouvait le même homme, dans ce même cadre où, deux ans plus tôt, près de ce même bureau, il avait aperçu à ses pieds le diagnostic des médecins consultants. Il se faisait tard, la pièce était profondément silencieuse ; aucun écho de la réalité extérieure ne s'interposait dans son hallucination. Il eut l'impression de voir le papier sur le sol, et il eut ce même geste de mettre ses mains devant ses yeux. Deux ans plus tôt... et rien ici n'avait changé, après tant de changements, sauf qu'il n'entendrait plus de coups de sonnette timides à la porte, qu'il ne verrait plus Eleanor

Welwood pâle et hésitante sur le seuil. Eleanor Welwood ne sonnait plus à la porte ; elle avait ses propres clefs ; elle n'était plus Eleanor Welwood, mais Eleanor Dorrance ; elle dormait en ce moment même dans la chambre qui avait été celle de Paul Dorrance et qui était maintenant encombrée d'affaires féminines, alors que les siennes étaient entassées dans l'exiguïté de la chambre d'amis.

Oui... c'était le seul changement dans sa vie, si bien symbolisé par le bouleversement des chambres. Durant leur voyage, même après son rétablissement, la présence de sa femme avait été comme un doux accompagnement musical, un décor peint pour les scènes oisives de sa convalescence ; à présent, il retrouvait les ornières de ses anciennes habitudes, et il avait le sentiment qu'Eleanor se répandait partout et le coinçait dans un angle. Il ne regrettait pas sa chambre... c'était du moins ce qu'il lui avait affirmé, tout en éprouvant une pointe de nostalgie pour les rayons de soleil d'hiver qui ne pénétraient jamais dans la chambre d'amis. Ce qu'il déplorait, c'était ce qu'il appelait maintenant en lui-même l'énorme farce que lui avait jouée le sort. Il n'avait jamais eu l'intention, lui, le vigoureux Paul Dorrance, en pleine force de l'âge, d'épouser cette femme fanée pour laquelle il ne ressentait depuis longtemps rien d'autre que de la tendresse amicale. C'était l'épouvantail de la mort, se dressant au milieu des replis de son indépendance soigneusement protégée, qui l'avait sournoisement poussé au mariage, et laissé ensuite s'en dépêtrer seul.

Mais ce n'était pas la faute de cette pauvre Eleanor s'il avait imaginé, dans un moment d'examen de conscience morbide, qu'elle serait transformée, rehaussée, par le bonheur. Sous des changements de surface, elle était restée la même : une compagne parfaite tant qu'il se sentait malade et désemparé, un fardeau involontaire maintenant que, lui-même inchangé, il avait recouvré la vie dont il l'avait si longtemps exclue par instinct de conservation. Pourquoi ne s'en était-il pas tenu à cet instinct, qui l'avait averti qu'elle était une femme pour une parenthèse sentimentale, et non pas pour l'implacable continuité du mariage ? Cela se voyait même dans son visage : elle avait un joli profil, mais, de face, il y avait quelque chose qui n'allait pas...

Dorrance se souvint brusquement d'un autre visage : celui d'une jeune fille rencontrée au Caire l'hiver précédent. Il fut saisi par la vision de sa fraîche beauté, de l'éclat fruité de ses joues, de la vigueur souple et animale de ses mouvements ; par les échos de son rire profond et avenant, par le rayonnement de son regard interrogateur entre les rideaux de ses cils. Quelqu'un lui avait dit : « Elle a reçu une proposition d'un homme capable d'offrir à une femme tout ce qu'elle peut désirer… Elle a refusé… personne ne sait pourquoi… » Dorrance le savait… Elle lui avait écrit depuis, et il ne lui avait pas répondu. Et maintenant… il était de nouveau installé dans cette ancienne routine dont il ne pouvait pas se passer et qui pourtant avait perdu toute saveur. « Je me demande pourquoi j'avais peur de mourir », pensa-t-il. Puis la vérité s'abattit sur lui : « Espèce d'idiot, tu as toujours été mort ! Le premier diagnostic était le bon. Leur seule erreur était de l'avoir placé au plan physique… » Le lendemain, il reprit péniblement ses anciennes habitudes.

V

Un soir, deux années plus tard, en introduisant sa clef dans sa porte, Paul Dorrance se dit à contrecœur : « Peut-être devrais-je emmener Eleanor ailleurs, pour changer. »

Il n'y avait rien maintenant qu'il craignît autant que le changement. Il avait eu son content d'inattendu, et cela ne lui avait pas réussi. Il avait désormais retrouvé sa routine, et tout ce qu'il désirait était de s'y tenir. Cela lui avait même coûté un effort de quitter New York en été pour aller avec sa femme dans leur petite maison de campagne. Et l'idée de partir avec elle à la mi-février le perturbait profondément.

Depuis une dizaine de jours elle luttait contre de violents accès de bronchite, consécutifs à une mauvaise grippe. Mais « lutter » n'était pas le mot adéquat. Elle, d'habitude si souple et invincible, n'avait pas manifesté sa fameuse détermination, et Dorrance, du haut de sa santé recouvrée, s'étonnait un peu de ce découragement. Et il lui conseilla gentiment de ne pas se laisser aller. « J'ai moi-même traversé une bien plus mauvaise passe... et regarde-moi maintenant. Ne te laisse pas effrayer par les médecins. » Elle le lui avait promis le matin même, et il était parti pour son bureau sans attendre la visite du docteur. Mais, au cours de la journée, il s'était mis à sentir d'une façon étrange la présence de sa femme. C'était comme si elle l'appelait, comme si elle avait quelque chose à lui dire ; et il supposa qu'elle avait besoin d'un climat plus doux, et qu'elle n'osait pas le lui demander. « Pauvre petite... évidemment, je vais l'emmener dans le Sud, si le médecin estime que c'est vraiment nécessaire. » N'avait-il pas toujours fait pour elle tout ce qu'il pouvait ? Il lui sembla qu'ils étaient mariés depuis des années et des années, et qu'il avait derrière lui un long passé d'époux irréprochable. Quoi, il n'avait même pas répondu aux lettres de cette fille...

En ouvrant la porte, il vit une femme en tenue d'infirmière traverser le vestibule. Il eut aussitôt la sensation d'une atmosphère étrangère au lieu, d'activités et de forces mystérieuses excluant les occupations habituelles. Il avait eu la même sensation, avec toutes ses sinistres résonances, lorsqu'il avait ramassé par terre le diagnostic de son cancer.

L'infirmière s'arrêta pour dire « Pneumonie » et se précipita vers la chambre d'Eleanor. Le médecin devait revenir à neuf heures ; il avait laissé un message dans la bibliothèque, annonça le majordome. La mort avait de nouveau fondu sur la maison avec la rapidité d'un oiseau de proie. Et, cette fois, il n'y avait aucune erreur de diagnostic.

L'infirmière lui dit qu'il pouvait voir sa femme mais qu'il ne devait pas rester plus d'une minute, car elle n'aimait pas la façon dont la température montait… et là, sur des coussins blancs comme craie, dans une lumière verdâtre, il vit le visage d'Eleanor. Il fut saisi par la manière dont quelques heures de fièvre avaient pu l'amaigrir, le rétrécir ; et puis par l'absence, malgré un imperceptible sourire, de cette lueur de bienvenue qui d'habitude accueillait ses apparitions. Il songea que, devant cette mine radieuse, il avait pu grommeler : « J'aimerais bien qu'elle cesse de toujours dérouler un tapis rouge à mon arrivée… », et il eut honte d'avoir pensé une telle chose. Elle ne l'avait jamais embarrassé par des démonstrations publiques ; cette lumière subtile était restée invisible aux autres, et il n'avait pu lui reprocher que de la garder en réserve pour lui seul. « Je n'ai aucune envie d'être l'astre de qui que ce soit », se disait-il alors. À présent, elle avait une expression neutre, presque absente. Sa première idée fut : « Est-il possible qu'elle ne me reconnaisse pas ? » Mais le regard qu'elle posait sur lui le détrompa, et il comprit qu'elle était seulement enfermée dans un monde lointain, coupé de tout.

« Je vous en prie… », lui ordonna l'infirmière ; et il sortit docilement de la chambre.

Le lendemain, il y eut une légère amélioration ; les médecins se montrèrent optimistes ; l'infirmière de jour déclara : « Pourvu que cela continue ainsi… » ; et, en entrant dans la chambre de sa femme, Dorrance pensa : « Pourvu qu'elle soit redevenue elle-même… »

Mais non. Elle était encore dans cet univers nouveau et clos qui était semblable à celui où lui-même avait évolué durant les mois où il s'était cru mourant. « Après tout, je ne suis pas mort », songea-t-il. Mais cette idée ne le consola pas car il savait exactement ce qu'éprouvait sa femme ; il avait connu cette barrière infranchissable qui la séparait des vivants. « La vérité, c'est qu'on ne meurt pas qu'une seule fois », conclut-il, sachant qu'il lui était déjà arrivé de mourir. Et le souvenir de cette épreuve qui se déroulait de nouveau sous ses yeux lui glaça le cœur. Si seulement il avait pu la secourir, l'aider à comprendre ! Mais la barrière était bien là, cette barrière transparente à travers laquelle tout ce qui était de l'autre côté paraissait changé. Et, à présent, c'était lui qui était de l'autre côté.

Il se souvint alors à quel point il avait désiré, dans sa solitude, les êtres déjà si éloignés, ceux qui se trouvaient du côté de la vie ; et Eleanor lui inspira la même pitié que lorsqu'il se croyait mourant et savait à quel point elle souffrirait de sa mort.

Ce jour-là, on lui permit de rester cinq minutes ; le lendemain, dix ; elle allait mieux, et les médecins auraient été parfaitement rassurés si son cœur ne montrait pas des signes de faiblesse. Le cœur, cependant, est relativement facile à traiter, d'un point de vue médical ; et Dorrance fut convaincu qu'elle reprenait des forces.

Bientôt, le rétablissement devint si net que le médecin ne vit aucune objection à ce qu'il passât une heure ou deux avec sa femme, pendant que l'infirmière sortirait faire un tour. Il s'assit donc près d'Eleanor, ouvrit le journal pour le lui lire, mais elle l'arrêta d'un geste. « Non... j'ai à te parler », dit-elle en souriant.

Il lui rendit son sourire. C'était comme si elle avait trouvé une faille dans la barrière, par laquelle elle pouvait lui tendre la main. « Mais, ma chérie, est-ce que cela ne va pas te fatiguer, de parler... ?

— Je ne sais pas. Peut-être. » Elle hésita. « Tu sais, je te parle tout le temps, toute seule dans mon lit... »

Il le savait... il le savait ! Et il était transpercé par ces appels déchirants. « Mais, ma petite, si tu forces ta voix... »

Elle esquissa un sourire incrédule... ce sourire enfermé et lointain que lui-même avait eu si souvent aux lèvres. Même si elle avait pu tendre la main, la barrière était toujours là, et elle le regarda avec des yeux pleins de lassitude et de résignation.

« Rien ne presse, insista-t-il. Pourquoi ne pas attendre un jour ou deux ? Tâche de te reposer sans penser.

— Sans penser ? fit-elle en se redressant faiblement sur ses coudes. Je veux penser à chaque minute... à chaque seconde. Je veux tout revivre, jour par jour, jusqu'à la moindre parcelle de temps...

— Quel temps ? Tu auras tout le temps ! »

Elle était encore dressée sur ses coudes, elle le fixait avec des yeux brûlants. Elle semblait ne pas entendre ce qu'il disait et se concentrer sur une vision profonde dont lui-même n'aurait été que le masque translucide.

« Eh bien, voilà ! s'écria-t-elle soudain avec une énergie passionnée. Ça valait la peine ! J'ai toujours su… »

Dorrance se pencha vers elle. « Qu'est-ce qui valait la peine… ? » Mais elle était retombée, les yeux fermés, enfoncée dans la masse des coussins, brusquement inanimée, comme une simple pièce du mobilier qui l'entourait. Dorrance attendit un instant, comprenant à peine ce qui se passait ; puis il bondit, sonna, appela ; les professionnels arrivèrent aussitôt, l'air s'emplit d'éther et de camphre, le téléphone sonna, l'attirail de la mort envahit la chambre. Dorrance comprit qu'elle ne lui dirait jamais ce qui avait valu la peine pour elle…

VI

Il resta assis dans la bibliothèque, en attendant. En attendant quoi ? La vie était terminée pour lui maintenant qu'Eleanor était morte. Jusqu'aux obsèques, une sorte d'excitation factice l'avait maintenu sur pied. À présent, il ne lui restait rien d'autre que de ressasser les derniers jours écoulés. Chaque détail lui revenait avec un relief saisissant ; et l'un des plus saillants avait été l'apparition inattendue, dans la chambre mortuaire, de son ancien médecin – celui-là même qui avait signé son diagnostic fatal avec le spécialiste du cancer. Dorrance, depuis ce jour, ne l'avait évidemment plus consulté, et il se trouvait qu'ils n'avaient pas eu l'occasion de se rencontrer. Mais le médecin d'Eleanor, appelé au moment de son ultime crise cardiaque, avait de son propre chef fait venir son collègue. Ce dernier avait une grande réputation de consultant (idée qui faisait sourire Dorrance)... et d'ailleurs, quelle importance ? Tous savaient déjà... infirmières, médecins, et par-dessus tout Dorrance... qu'il n'y avait plus rien d'autre à faire qu'à tenter de soulager les douleurs de la mourante. Dorrance avait accueilli son ancien médecin sans rancœur, et presque sans surprise.

Mais le docteur n'avait pas oublié qu'ils avaient été amis et, le lendemain des obsèques, tard dans la soirée, il avait trouvé convenable de sonner à la porte du veuf pour lui présenter ses condoléances. À son apparition, Dorrance avait pris un air étonné, d'abord contrarié par cette intrusion, et puis secrètement soulagé d'être un moment délivré de la meule cruelle de ses propres pensées. « Ce type est un crétin, pensa-t-il, mais peut-être me donnera-t-il quelque chose qui m'aidera à dormir... »

Les deux hommes s'assirent, et le médecin se mit à évoquer délicatement Eleanor. Il la connaissait depuis longtemps, même si ce n'était pas sa patiente. Il parla de sa bonté, de sa charité, des innombrables fois où elle était venue au secours de malades démunis. Alors qu'il avait craint d'entendre parler d'elle, et en particulier par cet homme, Dorrance se surprit à être extrêmement attentif à ces évocations. Il n'avait besoin de personne pour être persuadé de la générosité et du dévouement d'Eleanor… et pourtant ces éloges étaient un baume pour lui. Et il renchérit, non sans une certaine envie de vengeance, un vague désir de faire supporter au médecin les conséquences de sa lointaine bévue. « Elle a toujours trop donné… elle s'impliquait trop. Personne ne le sait mieux que moi. Elle n'était plus la même après ces mois d'anxiété que vous lui avez infligés, vous autres médecins. » Il n'avait pas eu l'intention de dire une chose pareille ; mais, à mesure qu'il parlait, ses propres mots enflammaient le ressentiment qu'il avait cru éteint. Il avait pardonné ce que lui avaient fait les médecins, mais il s'apercevait qu'il ne pouvait pas pardonner ce qu'ils avaient fait à Eleanor, et il avait une furieuse envie de le leur faire savoir. « Votre diagnostic l'a pratiquement tuée, même s'il ne m'a pas tué, moi », conclut-il sardoniquement.

Son visiteur écouta ses déclarations avec une perplexité manifeste. Dans l'existence surchargée d'un docteur à la mode, quelle place y avait-il pour le souvenir d'un diagnostic erroné ? À la vue de cet oubli, Dorrance sentit croître sa colère : « Le choc l'avait tuée… je comprends cela maintenant.

— Mon diagnostic… quel diagnostic ? demanda le médecin d'un air vide.

— Je vois que vous ne vous en souvenez pas.

— Ma foi, non… non, pas à brûle-pourpoint.

— Alors je vais vous le rappeler. Quand vous êtes venu me voir avec ce spécialiste du cancer, il y a quatre ou cinq ans… l'un de vous deux a fait tomber le diagnostic sans s'en rendre compte en partant…

— Oh, ça ? » Le visage du médecin s'illumina soudain. « Ah, mais oui, évidemment ! C'était le diagnostic d'un pauvre diable que nous avions ausculté avant vous. Je me souviens de tout, maintenant… Votre épouse… qui était alors Mrs Welwood, n'est-ce pas ?…. m'a rapporté cette feuille quelques heures plus tard… avant même que je ne m'aperçoive que je l'avais perdue. Il me semble en effet qu'elle m'a dit que vous l'aviez trouvée après notre départ, et que vous aviez cru qu'il vous concernait. » Le médecin rit alors de bon cœur. « Heureusement, j'ai pu tout de suite la rassurer. » Il s'enfonça confortablement dans son fauteuil et reprit le ton grave des condoléances. « Votre épouse a eu une très belle vie. J'aurais seulement aimé que nous ayons le pouvoir de la prolonger. Mais, quand le cœur est faible… il faut que vous vous disiez que vous avez eu du moins quelques années de bonheur... il y a peu d'hommes qui puissent en dire autant. » Et il se leva en tendant la main.

« Attendez un instant, je vous prie, s'écria Dorrance. J'ai quelque chose à vous demander. » La tête lui tournait tellement qu'il ne savait plus ce qu'il voulait dire « Je n'arrive pas à dormir..., reprit-il.

— Ah oui ? » fit le médecin en prenant une mine professionnelle, mais en jetant un coup d'œil furtif à sa montre.

Dorrance avait la gorge nouée ; il se sentait le crâne vide. Il peinait pour rassembler ses idées et les formuler en termes intelligibles.

« Oui... mais ça ne fait rien... Ce que je voulais vous demander, c'est... est-ce que j'ai bien compris... vous avez dit que le diagnostic que vous aviez laissé tomber en partant n'était pas pour moi ? »

Le médecin écarquilla les yeux. « Bon sang... bien sûr que non ! Vous ne présentiez pas le moindre symptôme. N'est-ce pas ce que nous vous avons dit sur le moment ?

— Oui, reconnut faiblement Dorrance.

— Eh bien, en tout cas, si vous ne nous avez pas crus, votre peur a été de courte durée », conclut le docteur avec jovialité. Et il tendit de nouveau la main.

« Oh, attendez ! répéta Dorrance. Ce que je voulais vraiment vous demander, c'est... quel jour ma femme vous a-t-elle rapporté votre diagnostic ? Mais je suppose que vous ne vous en souvenez pas. »

Le médecin réfléchit. « Mais si, tout me revient, je vous l'ai dit. C'était le jour même. Nous étions allés vous voir dans la matinée, n'est-ce pas ?

— Oui, à neuf heures, répondit Dorrance en sentant de nouveau sa gorge se nouer.

— Eh bien, je le répète, votre épouse m'a rapporté le diagnostic quelques heures après.

— Vous êtes sûr que c'était le même jour ? » (Dorrance s'étonnait lui-même d'insister à ce point.)

Le docteur jeta un nouveau coup d'œil à sa montre. « J'en suis certain. Je me souviens que c'était mon jour de consultation et qu'elle est venue à deux heures, avant l'arrivée de mon premier patient. Nous avons bien ri de la peur que vous avez eue.

— Je vois, dit Dorrance.

— Votre épouse avait un des plus jolis rires que j'aie jamais entendus », acheva le médecin d'un air nostalgique.

Il y eut un silence, et Dorrance se rendit compte que son visiteur le regardait avec une perplexité croissante. Lui aussi eut un petit rire. « J'avais cru que c'était peut-être le lendemain, marmonna-t-il. En effet, vous m'avez fait une sacrée peur.

— Oui, mais de courte durée, n'est-ce pas ? reprit le docteur. J'ai demandé à votre épouse de m'excuser auprès de vous. Ce sont des choses qui arrivent avec les médecins pressés. J'espère qu'elle vous a convaincu de me pardonner ?

— Oh oui, répondit Dorrance en le conduisant à la porte.

— Maintenant, pour vos insomnies..., fit le médecin en s'arrêtant sur le seuil.

— Mes insomnies ? s'étonna Dorrance. Oh, je dormirai très bien, cette nuit ! » déclara-t-il avec une soudaine détermination.

Et il referma la porte derrière son visiteur.

1930

LA PERMANENTE

I

Mrs Vincent Craig eut froid dans le dos à l'idée qu'elle avait presque perdu son tour chez Gaston. Deux clientes faisaient déjà antichambre, en attendant d'être permanentées, quand elle entra précipitamment – « en retard, comme d'habitude » (ainsi que disait toujours son mari, d'une voix calme et exaspérante).

Le coiffeur la regarda avec étonnement.

« Mais je vous attendais hier, Mrs Craig.

— Hier ? Oh, vous vous trompez... J'ai noté ça ici. »

Elle fouilla dans son sac à la recherche de son carnet de rendez-vous, mais ne put en extraire qu'un passeport et une liasse de traveller's chèques, qu'elle préférait ne pas montrer, et qu'elle renfourna promptement.

« J'ai dû laisser mon carnet à la maison. Mais j'ai noté le jour... »

Le coiffeur pressé haussa les épaules. « Moi aussi. Et puis, de toute façon, votre rendez-vous était à deux heures.

— Eh bien, quelle heure est-il ? Seulement le quart. »

Après cela, il lui fallut employer tous ses arguments, raisonnements, indignations feintes, et même basses flatteries, pour persuader l'illustre coiffeur qu'il n'avait aucun droit, absolument aucun droit, d'annuler son rendez-vous simplement parce qu'elle avait quelques minutes de retard (« Oh, une demi-heure ? Vraiment, Gaston, vous exagérez ! Regardez ma montre... enfin, c'est mon mari qui m'a offert cette montre. Ça vous étonne qu'elle soit parfois un peu en retard sur les événements ? »). Et finalement, avec un petit sourire de connivence, et un geste navré à l'adresse des deux femmes qui fulminaient dans leur coin, l'artiste introduisit subrepticement Mrs Craig dans le sanctuaire carrelé.

Oh, quel soulagement – être aussitôt libérée de cette froide menace ! Nalda Craig fut parcourue de petits frissons de peur rétrospective, comme si elle avait eu une crise de somnambulisme, et qu'elle se fût soudain réveillée au bord d'un précipice.

Imaginez donc ! Si elle avait dû rejoindre Phil Ingerson le lendemain matin à la gare avec des mèches irrégulières de cheveux plats et mous – car elle avait besoin d'une coupe autant que d'une permanente ; or Dieu seul savait quand elle pourrait de nouveau être correctement coiffée, dans ces coins perdus au bout du monde où elle allait partir avec lui. Ah, comme elle enviait les femmes naturellement « ondulées » ! Elles, au moins, n'avaient pas ce genre de souci quand elles s'enfuyaient avec des explorateurs ! Évidemment, elles devaient bien subir de temps à autre le supplice de la permanente, mais pas si souvent qu'elle... Enfin, s'il y avait de bons coiffeurs en Amérique centrale, elle espérait simplement que Phil ne ronchonnerait pas au sujet de la dépense, comme Vincent, qui avait toujours protesté, d'abord d'un ton badin, puis irrité, enfin avec un petit sourire désobligeant. « Quoi, encore une note de perruquier ? Voyons si tu as vraiment été là-bas cette fois-ci... » Car, à moins de l'examiner de près, de concentrer sur elle son attention et son regard distrait et incrédule, il ne remarquait jamais si elle avait été permanentée ou non.

Tant mieux, en l'occurrence ! Car sa dernière permanente ne datait que de trois semaines, et si Vincent avait été un peu plus observateur, il aurait peut-être déclaré, lorsqu'ils se seraient retrouvés pour dîner : « Tiens donc ! Déjà de nouvelles frisettes à vingt dollars ? » Et comme ce soir-là ils devaient dîner seuls, et qu'elle ne pourrait pas se dérober à ses questions, elle aurait eu de la peine à s'expliquer. Mais, en réalité, son mari passerait la soirée le nez plongé dans un livre, et elle aurait aussi bien pu se faire raser le crâne : il ne s'en serait pas plus aperçu que de sa permanente.

Telle avait été la désillusion dès le début de leur mariage ; Vincent ne s'était pas montré à chaque instant entièrement attentif à l'allure, aux vêtements, aux gestes, aux pensées, aux sentiments de sa femme. Plus d'une fois, elle avait failli éclater : « Trouve-moi au moins un défaut ! » Mais dans les rares occasions où il lui trouva en effet un défaut, elle ne fut pas vraiment ravie. Sa mère et sa grand-mère l'avaient élevée dans des idées toutes différentes des obligations d'un mari envers sa femme. « Mon mari s'est comporté avec moi en amant jusqu'à la fin », minaudait sa grand-mère en plissant toutes ses fossettes ; et la mère de Nalda, qui ne s'exprimait pas d'une façon aussi romantique, répétait toujours : « Quels qu'aient pu être les défauts de ton père (cela sous-entendait qu'il n'avait pas seulement eu celui d'être un bon vivant), il s'est toujours montré plein de galanterie avec son épouse. »

Cela paraissait sans doute comique, et vieux jeu ; traduit en jargon moderne, cela voulait dire que votre mari était votre copain, qu'il devait soutenir sa petite femme contre vents et marées, et payer les notes sans grogner. Mais Nalda avait dû plus d'une fois emprunter de l'argent en cachette ; et quand elle s'était violemment disputée avec la couturière sur le prix d'un breitschwanz, Vincent n'avait pas soutenu sa petite femme d'un centime…

Enfin, elle portait ce breitschwanz lors de sa première rencontre avec Phil Ingerson. C'était à une partie de patins à glace que les Pressly Norman avaient organisée sur une rivière ; et était-ce sa faute si elle était plus jolie que les autres femmes, si son manteau de fourrure était de loin le plus beau, si ses cheveux avaient été permanentés la veille et brillaient comme une châtaigne juste sortie de sa bogue ? C'était peut-être curieux de situer un événement aussi considérable que sa rencontre avec Phil Ingerson par le fait qu'elle avait été permanentée la veille ; mais plus que toute autre chose, oui, même plus qu'un nouveau chapeau, une « indéfrisable » donne ce sentiment de pouvoir et de sécurité dont une femme a plus que jamais besoin quand elle fait la connaissance de l'homme qui va changer sa vie…

II

Curieux – elle se souvenait maintenant à quel point ces interminables séances de permanente la mettaient d'habitude à bout de nerfs. Quatre heures d'immobilité ; « au pilori », comme disait Winna Norman. Une fois qu'on avait parcouru la réserve de magazines de Gaston et qu'on avait échangé des platitudes avec les autres victimes – si elles se trouvaient être des connaissances –, il n'y avait vraiment plus rien d'autre à faire que bâiller et gigoter, et penser à tous les soucis et toutes les contrariétés qu'on pouvait d'habitude oublier en enchaînant les parties de bridge, de golf ou de tennis, et en courant d'un rendez-vous à l'autre, avec toujours un peu de retard. Oui, elle pestait naguère contre cette incarcération, elle disait que c'était « purger une peine à perpétuité » ; mais depuis qu'elle connaissait Phil Ingerson (cela devait faire six mois, car c'était sa quatrième permanente depuis leur rencontre), elle attendait impatiemment ces quatre heures d'immobilité, comme une occasion de réfléchir à leur relation, de faire le point sur elle-même et sur lui. Et elle trouvait que, pour cela, aucun moment d'inactivité n'était trop long. Elle regarda les visages tendus des autres clientes, désespérées de subir ces quatre heures d'emprisonnement avec leurs propres pensées ; et elle plongea de nouveau dans son bain de béatitude intime. Elle avait tant de choses pour occuper son esprit ; chaque parole de Phil, chaque regard, son sourire, son rire, ses remarques sur sa mine et sur ses robes (quand elle venait d'être permanentée, il ne manquait jamais de s'en apercevoir, *lui* !), et ses jugements étranges et paradoxaux sur la vie et sur les hommes, qui étaient tellement inattendus, et par conséquent infiniment excitants – tandis qu'on pouvait toujours deviner ce qu'allait dire ce pauvre Vincent avant même qu'il n'ouvrît la bouche, et le dire à sa place bien plus vite qu'il n'en était capable.

Non qu'elle n'eût pas de l'estime pour Vincent (songea-t-elle en passant). Bien sûr elle en avait. Elle l'avait toujours estimé. Elle savait quelle position éminente il occupait dans sa profession, combien l'université appréciait ses conférences et ses compétences dans son domaine. Et, l'économie étant devenue une branche d'étude importante, le nom de Vincent Craig était évidemment connu bien au-delà de l'université ; il veillait tard le soir, à écrire des articles pour des mensuels historiques et des trimestriels philosophiques ; et elle avait même, lors d'une réception à New York, entendu cette réflexion de la part de quelqu'un à qui on avait signalé sa présence : « Comment ? L'épouse du fameux Vincent Craig ? Et lui, dites-moi, il est également ici ? »

Personne n'aurait pu lui reprocher de ne pas apprécier Vincent – elle n'était pas stupide à ce point ! Seulement, quand un homme enfouit son existence dans l'économie, il ne lui reste pas grand-chose pour sa femme. Et est-ce que Vincent l'avait vraiment appréciée, *elle* ? Ne l'avait-il pas toujours considérée comme une chose acquise, comme l'électricité, la cuisinière ou le toit au-dessus de sa tête ? Il n'avait jamais paru prêter attention à sa personnalité, et rien n'était plus humiliant que cela pour une femme. Quand il partait le matin, lui venait-il à l'esprit que son épouse ne serait peut-être pas là à la table du dîner ? Avait-il jamais connu cette angoisse palpitante qu'elle-même éprouvait quand, après avoir quitté Phil, elle se demandait : « Est-ce que je le reverrai ? », ou cet absurde émoi adolescent avec lequel Phil s'écriait, chaque fois qu'ils se retrouvaient : « J'ai cru que tu ne viendrais jamais ! Qu'est-ce qui t'as retenue si longtemps ? »

Bref, Phil mesurait son temps d'après le rythme de leurs rencontres ; Vincent mesurait le sien d'après ses tâches universitaires, ses rendez-vous professionnels, ses obligations éditoriales, et ses discussions sur le gaz, l'électricité ou les impôts. Ces deux hommes vivaient dans des mondes différents, entre lesquels, ces mois derniers, Nalda avait été emportée par des flux alternés de scrupules et de passion...

Car, naturellement, elle était d'avance navrée pour Vincent. Il détesterait être abandonné par elle – même si l'absence de sa femme n'apporterait apparemment guère de changements dans sa vie. Elle n'avait pas oublié le jour où, alors qu'elle avait été confinée au lit par une mauvaise grippe aggravée d'une pneumonie, Vincent avait éclaté en sanglots quand il avait enfin été admis dans sa chambre, à tel point que l'infirmière l'avait chassé de peur qu'il ne « fît revenir la fièvre ». Ce souvenir lui inspira un petit sourire complaisant ; elle le revoyait arrivant le lendemain avec un paquet d'un kilo de marrons glacés, cadeau approprié pour une malade dont le gosier se coinçait dès qu'on lui présentait quelque chose de plus consistant qu'un grain de raisin ! « Oh, je pensais que tu aimais les marrons glacés..., avait-il bredouillé. Peut-être en auras-tu envie un peu plus tard. » Et, avant de sortir, il avait posé le paquet gluant et écœurant près d'elle sur le lit... Ce cher vieux Vincent !

Elle n'avait guère eu le temps de se demander comment Phil se serait comporté si elle avait été malade ; mais quelque chose lui chuchotait qu'il valait mieux ne pas tenter l'expérience. « Il ne saurait pas comment s'y prendre... », pensa-t-elle. Et elle retroussa sa lèvre, avec le brusque sentiment de leur jeunesse et de leur force, et de la mystérieuse intensité de leur passion...

III

Bien sûr, c'était pour elle, et pour elle seule, que Phil était si souvent venu à Kingsbridge durant les derniers mois. Il disait qu'il devait y avoir plus de vie dans une tombe que dans une ville universitaire ; et en particulier une ville universitaire de la Nouvelle-Angleterre. Certes, la vie universitaire à l'ouest des montagnes Rocheuses ne devait avoir guère plus de sel ; mais même la capitale des idées toutes faites n'avait rien à offrir à un jeune homme aux ambitions aussi diverses et aux opinions aussi subversives que Phil Ingerson. Et il avait avoué franchement à Nalda qu'il avait *déboulé* pour un week-end chez sa tante miss Marcham (un des piliers mondains et financiers de l'université) uniquement parce qu'il courait, à l'époque, après une jolie fille qu'il avait rencontrée lors d'une croisière aux Antilles, et qui tenait la maison de son frère, un professeur de Kingsbridge. Pauvre Olive Fresno ! – l'éliminer avait été pour Nalda un des plaisirs des premiers jours de sa relation avec Phil. Cette jeune fille avait des qualités (Nalda était la première à l'admettre), et elle avait été manifestement dégelée par les faciles promiscuités d'une croisière. Mais, de retour sous le toit de son frère (un professeur de théologie comparée), elle était redevenue un glaçon, glaçon torturé et rougissant, qu'il était amusant de provoquer et de ridiculiser ; et l'éclipser auprès d'un Phil si aisément lassé avait été un jeu d'enfant pour Mrs Craig.

À présent, avec ses mèches tordues comme les serpents de Méduse sous l'emprise métallique du casque à friser, Nalda éprouva soudain, sans savoir pourquoi, des scrupules à l'égard d'Olive Fresno. Ce n'était pourtant pas sa faute, si, dès que Phil l'avait vue (oui, cette merveilleuse première fois, à la partie de patinage), le sort de la pauvre Olive avait été décidé. Elle n'imaginait bien sûr pas que, si elle, Nalda, s'était comportée différemment ce jour-là, la petite Fresno aurait obtenu ce qu'elle voulait ; mais elle frémissait à l'idée de ce que le bonheur des uns pouvait coûter aux autres. La vie était constituée de telle sorte que lorsqu'on mettait la main sur ce qu'on voulait, on laissait toujours quelqu'un d'autre payer les dégâts. C'était vieux comme le monde ; mais cet axiome rudimentaire était brusquement devenu une réalité brûlante dans l'esprit de Nalda...

Or, en fait, il ne s'agissait pas d'Olive Fresno. En réalité la personne à laquelle Nalda pensait à travers sa rivale malheureuse, c'était son mari. Pour la première fois de sa vie, elle se figurait ce que Vincent allait souffrir. Elle en avait parlé une fois à Phil (juste pour voir s'il serait jaloux), et celui-ci l'avait vexée en répliquant avec un rire : « Souffrir... et pourquoi donc ? Il n'aura qu'à épouser Olive. »

Ce n'était pas la réponse qu'elle attendait de lui, et elle s'était sentie vraiment blessée. Mais elle-même, alors, ne se souciait pas exactement de son mari ; elle l'avait évoqué seulement pour titiller Phil. Maintenant, c'était différent. Maintenant, tout était irrévocablement décidé, elle avait son passeport dans son sac, et pour la première fois elle savait ce qu'éprouvait Vincent ; elle avait même la curieuse impression de le ressentir en elle-même, d'être non seulement la cause de sa souffrance, mais aussi de la partager...

Aussitôt après, elle fut prise d'une réaction de pitié pour Phil. Quelle différence entre les carrières des deux hommes ! Vincent Craig était allé de succès en succès, avait accumulé les honneurs universitaires. Il y avait des années maintenant qu'il était le « fameux » Vincent Craig. Tandis que Phil (comme lui-même le déclarait) s'était toujours heurté à l'hostilité du milieu académique. Même sa tante, avec toute son influence à Kingsbridge, avait été incapable d'intéresser les pontes à ce qu'elle appelait les découvertes de son neveu, et qu'eux appelaient ses supputations. Et les articles qu'il avait publiés sur son expédition en Amérique centrale, financée par miss Marcham, étaient passés inaperçus en haut lieu.

La cliente la plus proche de Nalda dit à son autre voisine :

« Je ne le fais pas exprès, mais chaque fois que je viens ici, il y a des ennuis à la maison. Aujourd'hui, c'est à cause de cette nouvelle femme de ménage...

— Moi je n'ai pas besoin d'aller chez le coiffeur pour avoir des problèmes avec les domestiques », répliqua l'autre d'une voix morne.

Il y eut un long silence. Puis la première reprit :

« J'ai vu qu'on allait beaucoup porter ce nouveau velours infroissable cet hiver.

— Eh bien, tout ce que je peux dire, c'est que le mien était une loque quand je l'ai sorti de la malle... »

Nalda se renfonça dans la chaleur de son rêve. Dieu merci, elle n'allait plus subir ce genre de conversation – oh, plus durant des années, elle l'espérait bien ! Elle n'était pas indifférente à ce nouveau velours infroissable... en fait, elle regrettait maintenant de ne pas l'avoir employé pour sa plus belle robe, au lieu de mousseline fleurie. Mais la mousseline prenait beaucoup moins de place, et Phil, comme tous les hommes, était du genre à faire des histoires si l'on avait trop de bagages... Et d'ailleurs ils auraient beaucoup d'heures de vol...

Elle fut saisie d'une brusque anxiété. Elle savait que miss Marcham avait offert à Phil ce nouvel avion dans lequel il devait partir pour explorer les ruines inaccessibles du Yucatán ; cette expédition, si elle réussissait, confirmerait sa théorie sur l'introduction de la culture orientale dans le Nouveau Monde en l'année... enfin, elle ne se souvenait jamais si c'était avant Jésus-Christ, ou très peu après. De toute façon, Phil ne lui reprocherait pas de ne pas s'en souvenir. Il disait qu'il ne faisait pas une fugue avec l'*Encyclopaedia britannica*. Seulement, si miss Marcham, qui était un personnage si important à Kingsbridge, et prenait tellement au sérieux sa position à l'université... si miss Marcham savait que l'avion qu'elle avait payé serait utilisé par son neveu pour enlever la femme du professeur Vincent Craig...

« Ce que je dis toujours, c'est qu'on a avantage à faire livrer son épicerie de New York. Mais évidemment les cuisinières détestent ça... Ce qu'elles aiment, c'est que l'épicier passe prendre commande chaque jour... »

Nalda avait fait part à Phil de ses craintes au sujet de l'avion ; il n'avait fait qu'en rire. « Si ça peut te rassurer, ma petite, je n'ai pas fait seul ma première expédition... » Cela ne la rassura pas, mais mit un terme à ses protestations. Elle ne voulait pas qu'il s'imaginât qu'elle était comme celles qu'il appelait « les punaises de Kingsbridge ». Et puis, pinailler à propos d'un avion alors qu'elle allait anéantir la vie d'un homme en le quittant... Oui – la vie de Vincent serait anéantie ! Ah, de nouveau ce courant froid, au milieu du tiède Gulf Stream de ses rêves !

« Enfin, chaque fois que je viens me faire coiffer ici, je me dis avant d'ouvrir la porte : "Maintenant, ne t'inquiète plus de ce que tu fais ! Peu importe ce qui se passe à la maison, de toute façon, tu n'y peux rien. »

— Peut-être. Mais ça aggrave les choses d'avoir quatre heures pour y réfléchir. »

En effet ; cette fois, sa voisine avait raison. Quatre heures, c'était vraiment trop long pour réfléchir à un dilemme comme celui de Nalda Craig. Il est toujours périlleux de retourner un sentiment dans tous les sens ; surtout quand ce sentiment est le bonheur. Le bonheur doit rester semblable à une brise printanière caressant la fenêtre, venant on ne sait d'où, portant le parfum de fleurs invisibles. On ne peut pas le détailler, ni le résumer, comme une opération d'arithmétique... Elle commençait à perdre patience avec sa permanente.

« Eh bien, je crois que vous allez être satisfaite de mon travail, Mrs Craig », déclara Gaston en passant ses doigts de magicien dans les boucles châtain de Nalda. Les autres clientes avaient été libérées, elles étaient parties, et elle se trouvait seule dans le salon ; elle pouvait complaisamment sourire à son reflet, sans risquer d'être surprise par des regards jaloux. Oui, elle était satisfaite ! Elle renversa la tête pour s'abandonner aux rapides manipulations du coiffeur. Les quatre heures ne semblaient plus longues, maintenant...

« Bien, il faut que je me sauve. Oh, tenez, Gaston... » Elle sortit de son sac un billet de vingt dollars. Puis, machinalement, elle parcourut des yeux les murs familiers de la salle d'opération de Gaston, comme l'appelait Winna Norman. Les choses paraissaient tellement étranges quand on savait qu'on les voyait pour la dernière fois ! Elle remarqua que sa voisine avait oublié une boîte de fard à joue sur une tablette.

Ses yeux balayaient lentement le salon quand elle s'arrêta net avec un petit cri.

« Qu'y a-t-il, madame ? » fit Gaston qui s'apprêtait avec son assistant à accueillir la nouvelle cargaison de victimes.

Nalda eut un rire nerveux. Elle montrait du doigt un calendrier sur le mur. « Vous avez un jour d'avance, Gaston. »

Il se tourna pour regarder en direction de son geste.

« Mais non. Aujourd'hui, c'est jeudi. »

Elle se mit à trembler intérieurement.

« Aujourd'hui, c'est mercredi, Gaston. »

Il haussa les épaules. « Je crois bien que c'est vous qui retardez, Mrs Craig. La première chose que je fais, le matin, c'est d'arracher une page au calendrier. Je ne laisse ce soin à personne.

— Et vous êtes sûr que nous sommes jeudi ? » insista-t-elle, d'une voix étranglée, comme si elle n'avait pas compris.

Mais une des clientes dont elle avait pris le tour revenait, mécontente, pour être ondulée ; et Gaston était déjà occupé à l'installer.

Nalda sortit du salon en ne voyant rien devant elle. Elle ne comprit qu'elle en était partie que lorsqu'elle entendit la porte se refermer derrière elle. On était jeudi... jeudi... Gaston avait dit qu'il arrachait lui-même une page du calendrier chaque matin... au lieu de laisser passer les journées, et d'en arracher une liasse d'un coup, au hasard, comme elle le faisait. Son mari s'était si souvent moqué d'elle à cause de ça ! « Nalda ne sait jamais quel jour on est. Elle prétend qu'elle perdrait ses moyens si elle le savait. »

Un coiffeur prospère ne pouvait pas se permettre d'être aussi négligent. Si Gaston disait que c'était jeudi, alors c'était jeudi.

IV

Elle marcha d'un pas mal assuré, sourde et aveugle au bruit et à l'agitation de la rue. Elle sortit du quartier des affaires pour entrer dans la zone résidentielle, sans se rendre compte de la direction qu'elle prenait. Elle avait l'air de suivre ses jambes, au lieu d'être portée par elles.

Jeudi – mais alors, si c'était jeudi, Phil l'avait attendue à la gare à dix heures, le matin même ! Son cerveau abasourdi commençait à enregistrer le fait. Et à l'heure du départ, voyant qu'elle n'était pas là, qu'avait-il fait ? Ne s'était-il pas précipité chez elle, n'avait-il pas envoyé un message, n'avait-il pas téléphoné ? Ils évitaient toujours les coups de téléphone le matin, car son mari restait dans son bureau jusqu'à midi, et il risquait fort de sortir sur le palier pour décrocher lui-même. De toute façon, si Phil n'avait pas voulu manquer le train, il n'avait pas eu le temps de téléphoner. Elle était si notoirement en retard, qu'il avait dû faire les cent pas en fulminant sur le quai, et s'être penché à la fenêtre du wagon jusqu'à la dernière minute ; et quand le train était parti, il était parti avec. Oh, cela, c'était aussi certain qu'elle s'appelait Nalda Craig !

Et d'ailleurs, comment aurait-il pu faire autrement ? Le train qu'ils avaient choisi était le dernier qui leur permettait de prendre à temps le bateau à New York – et le bateau était le seul, ce mois-ci, à partir pour Progreso. Les jours et les heures avaient été combinés avec cette maniaquerie juvénile qui caractérisait Phil quand il s'occupait des détails de ses voyages. Penché sur des cartes et des horaires, son visage se plissait et se concentrait comme celui d'un écolier. Et, à New York, elle le savait, il aurait tout juste le temps de prendre son équipement : il lui avait suffisamment parlé de ce fameux équipement ! Juste le temps de prendre ça, et de se précipiter en taxi vers l'embarcadère. Pour lui, cette expédition était la priorité – fait qui avait toujours été clair pour Nalda. C'était comme cela devait être, et comme elle voulait que ce fût... Et si une pauvre petite femme, qui avait imaginé qu'elle ne pourrait pas vivre sans lui, prenait peur à la dernière minute, et lui faisait faux bond – eh bien, il était très probable qu'il eût, dans sa fièvre exploratrice, haussé les épaules, car il était dévoué à son entreprise et prêt, s'il le fallait, à se passer d'une compagne défaillante.

Or elle lui avait effectivement fait faux bond – par simple étourderie, à cause d'une impardonnable stupidité, cette bévue enfantine de se tromper sur le jour de la semaine, elle lui avait fait faux bond ; et il allait évidemment s'imaginer que c'était parce qu'elle avait manqué de courage.

« Tu vas voir, ma petite, tu vas te dégonfler au dernier moment. Aucune femme n'aime vraiment la vie dure ; et cette expédition ne sera pas un séjour à Palm Beach », l'avait avertie Phil, rieur, en bombant légèrement le torse.

Elle se retrouva devant chez elle, cherchant ses clefs dans son sac. Elle ne les trouva pas, et tira furieusement sur la sonnette.

« Il y a un télégramme ? »

Non ; la femme de chambre qui ouvrit la porte répondit que non. Évidemment, il n'y en avait pas – pourquoi y en aurait-il eu un ?

« J'ai égaré mes clefs », ajouta Nalda pour dire quelque chose.

La femme de chambre sourit. « Les voici. Le professeur les a ramassées sur les marches. »

Ça, c'était bien elle ! Encore heureux qu'elle n'ait pas fait tomber le passeport et les traveller's chèques, tant qu'elle y était !

Elle monta dans sa chambre. Elle pensa : « Si je ne m'étais pas trompée de jour, j'aurais monté ces escaliers ce soir pour la dernière fois. Je n'aurais plus jamais remarqué cette déchirure dans lc tapis, et je ne me serais plus jamais dit : "Il faut que je téléphone tout de suite au tapissier pour qu'il envoie quelqu'un le réparer." »

Son mari lui avait répété à plusieurs reprises : « Pour l'amour du ciel, fais réparer cette déchirure dans le tapis de l'escalier. Ça va finir par tuer quelqu'un. J'ai encore trébuché dessus cette nuit. » Elle avait toujours répondu oui, et puis elle avait oublié ; et c'était parce qu'elle avait ce genre d'esprit, avec de grands trous semblables au trou dans le tapis de l'escalier, qu'au lieu de monter ce soir-là pour la dernière fois ledit escalier, elle allait sans doute continuer à le gravir chaque jour jusqu'à la fin de sa vie. C'était étrange, vraiment, comme les choses s'arrangeaient d'une façon inattendue...

En grimpant l'escalier, elle continua de remuer dans sa tête toutes les possibilités de réparation de sa bévue. Mais elle avait déjà le sentiment que ces vertigineux exercices de rétablissement étaient accomplis dans le vide par quelqu'un qui n'était pas réellement elle. Non, la réelle Nalda était ici, dans l'escalier, sur ce tapis élimé, montant vers la chambre qui avait été le cadre de la monotonie de tant d'années de mariage. C'était curieux ; elle ne croyait plus à la réalité de cet autre avenir vers lequel, quelques heures plus tôt, se tendaient toutes les fibres de son être. Et pourquoi ne sortirait-elle pas tout de suite, ou n'enverrait-elle pas au moins un télégramme au bateau ? Non ; c'était également impossible. Le bateau partait à sept heures, et la pendule de sa chambre (qui était à l'heure, car c'était Vincent qui réglait toutes les pendules de la maison), indiquait qu'il était déjà la demie.

D'ailleurs, aurait-elle télégraphié, même si elle en avait eu le temps ? Qu'aurait-elle pu dire ? « Me suis trompée sur le jour. » C'était trop humiliant... Il valait mieux le laisser penser qu'elle avait manqué de courage... ou qu'un sens du devoir... Mais non ; pas ça non plus. Ils s'étaient trop souvent moqués de cet alibi des lâches, le Sens du Devoir...

Elle ôta son chapeau et s'assit avec lassitude. Étourdi d'avoir tournoyé dans son infini labyrinthe, son esprit devint soudain froid et tranquille. C'était tout simplement ainsi que devaient se passer les choses, se dit-elle...

Enfin, en tout cas, si on était bien jeudi, elle serait seule ce soir. Car, chaque premier jeudi du mois, Vincent allait dîner à son club ; ces dîners rituels étaient l'objet de railleries ouvertes, et même d'anxiétés secrètes, de la part des dames de l'université, à cause de l'heure tardive à laquelle en rentraient leurs maris ; mais cela n'avait jamais troublé Nalda, car elle pouvait être sûre qu'à onze heures tapantes elle entendrait tourner dans la serrure la clef du ponctuel Vincent. Pauvre vieux Vincent ! Elle se demanda quelle aurait été sa réaction si, à son retour, il s'était aperçu qu'elle était partie.

On frappa à sa porte et elle sursauta. Un télégramme, peut-être, après tout ? « Oui ? » fit-elle.

« Le dîner est servi, madame. Le professeur m'a demandé de vous le dire...

— Le dîner ? » Elle répéta lentement ce mot, essayant de le faire entrer dans sa tête. « Je n'ai pas envie de dîner. Le professeur sort, n'est-ce pas ?

— Mais non. Il ne m'en a rien dit. »

Stupéfaite, elle regarda sa femme de chambre droit dans les yeux. C'était extraordinaire, incroyable ! Son mari, qui n'oubliait jamais rien, dont l'exaspérante mémoire retenait chaque détail, son mari avait donc oublié son fameux dîner au club, seul événement mondain auquel il semblât prendre plaisir, seul rendez-vous non professionnel que rien ne lui eût fait annuler.

« Vous êtes sûre que Mr Craig n'est pas sorti ?

— Oui, madame. Mr Craig est dans la bibliothèque.

— Mais c'est le soir de son dîner au club. Il a dû oublier… Je vais descendre. »

Elle se leva d'un bond, puis s'arrêta, d'un air hésitant. Elle avait été si contente à l'idée de ne pas voir son mari ce soir-là. Qu'avait-il bien pu se passer ? Peut-être s'était-il simplement assoupi devant le feu ? Il n'avait pas l'habitude de s'endormir dans la journée – mais elle savait qu'il avait été surchargé de travail ces derniers temps, et qu'il en était à un passage particulièrement délicat et controversé dans les conférences qu'il préparait. Même Winna Norman, qui remarquait rarement les choses qui ne la concernaient pas directement, avait récemment déclaré : « Dis-moi, qu'a donc ton geôlier domestique ? Il a une mine de déterré. Tu ferais bien de l'expédier quelque part, pour qu'il change d'air. »

Nalda n'y avait pas prêté attention sur le moment ; elle n'avait pas le temps d'étudier la mine de Vincent, et s'était imaginé que Winna, qui aimait les histoires et soupçonnait sûrement sa liaison avec Phil, avait simplement voulu lui faire peur – ou lui donner un avertissement. Peur ou avertissement – Nalda n'en avait pas tenu compte ; elle était trop confortablement installée dans son sentiment de bonheur. Mais à présent elle se rendait compte qu'en effet son mari avait paru soudain vieilli ces jours derniers, qu'il marchait courbé… Elle descendit lentement l'escalier, tourna lentement la poignée de la porte de la bibliothèque.

« Vincent… ? »

En tout cas, il n'était pas endormi. Il se leva vivement, et l'accueillit avec son sourire crispé. « En retard, hein… comme d'habitude ? » (Oh, pourquoi sortait-il cette phrase détestée ?) « J'aimerais bien dîner maintenant, si tu n'y vois pas d'inconvénient.

— Mais tu dînes dehors, ce soir ? Tu as oublié ? » Au milieu des épais nuages de ses déboires, elle avait du moins le plaisir lumineux de lui rappeler, pour une fois, quelque chose qu'il avait oublié.

Le visage de Vincent se rembrunit. « Dîner dehors ? Encore ? Bon sang ! Pas plus tard que la semaine dernière tu m'as fait la promesse solennelle de ne pas accepter une seule invitation pour moi tant que je n'ai pas fini ce travail...

— Je n'ai rien accepté. C'est ce soir que tu dînes à ton club.

— À mon club ? » Il eut l'air soulagé. « Tu te trompes d'un jour, mon petit. Mon dîner au club est demain.

— Mais ça a toujours été le jeudi.

— Eh bien, c'est demain, jeudi. »

Elle poussa un petit rire nerveux.

« Non, c'est aujourd'hui.

— Aujourd'hui, jeudi ? » Il sourit de nouveau. « Je me demande parfois comment tu peux bien noter tes rendez-vous, et à plus forte raison les miens.

— Mais nous sommes jeudi... nous sommes jeudi ! » répéta-t-elle avec force, comme si après tout ce qu'elle avait subi il fallait que ce fût jeudi maintenant, et à jamais, du moment qu'elle le disait.

« N'en déplaise à ta tête de linotte, aujourd'hui, c'est mercredi.

— Mercredi ?

— Absolument. Pourquoi... qu'est-ce qui ne va pas ? Est-ce que ça gêne tes projets que nous soyons mercredi ? »

Immobile devant lui, elle se mit à trembler. Que diable voulait dire cette question ? Elle s'agrippa à tâtons au dossier d'une chaise. « Mes projets ?

— Je pensais que tu irais peut-être rendre visite à Winna Norman pour parler chiffons », plaisanta-t-il.

Elle eut de nouveau un petit rire, cette fois de soulagement ; puis elle s'arrêta net en sentant l'hilarité onduler dangereusement dans sa gorge. « Nous sommes vraiment jeudi, tu sais », insista-t-elle d'une voix étranglée.

Il prit le calendrier sur son bureau et le lui tendit. « Je le tourne moi-même chaque matin. Je ne laisse ce soin à personne », dit-il en reprenant étrangement les termes même du coiffeur. Elle lut : MERCREDI, en lettres capitales, et un rire irrépressible la secoua soudain en desserrant ses lèvres crispées. Elle se laissa tomber sur la chaise où elle était en train de s'appuyer, et continua de rire, de rire, de rire...

Ce dont elle se souvint ensuite, ce fut de voir le visage ravagé par l'inquiétude que son mari penchait sur elle, et de se dire alors : « Winna avait raison… Pauvre vieux Vincent… Il a vraiment une mine de déterré. Je vais devoir l'emmener quelque part. »

Puis elle sentit qu'il la prenait dans ses bras, qu'il l'étendait sur le canapé, lentement, avec précaution, qu'il lui écartait les cheveux qui gênaient sa respiration, qu'il lui arrangeait les jambes, d'un geste pieux, comme s'il la préparait au repos éternel…

« Pauvre vieux Vincent », murmura-t-elle de nouveau, tandis que le brouillard se refermait sur elle.

1935

UNE AFFAIRE DE CHARME

I

« Jim ! J'ai peur… J'ai terriblement peur… »

La femme de James Targatt s'agenouilla près du fauteuil où il était assis ; ses cheveux sombres volaient autour de son front, ses grands yeux noirs dilatés l'imploraient à travers des cils incroyablement longs.

« Peur ? Pourquoi… que se passe-t-il ? » rétorqua-t-il, ennuyé d'être dérangé dans la longue entreprise de digestion du dîner qu'il venait d'avaler dans le dernier restaurant découvert par Nadeja – un restaurant ukrainien, cette fois. Car ils allaient chaque soir dans un restaurant différent, d'habitude à l'instigation de Nadeja, toujours à la recherche de ce que New York au sommet de sa prospérité avait à proposer de plus exotique. « Cet esturgeon mijoté à la crème…, pensa-t-il avec lassitude. Alors, qu'y a-t-il ?

— C'est Boris, mon chéri. J'ai peur que Boris n'épouse une vedette de cinéma. Cette Halma Hoboe, tu sais… C'est la plus grande de toutes… » Maintenant les larmes roulaient sur les joues de Nadeja. Targatt oublia un instant l'esturgeon pour se demander s'il comprendrait jamais sa femme, et plus encore la famille de sa femme.

« Halma Hoboe ? Et pourquoi diable ne pourrait-il pas l'épouser ? N'a-t-elle pas légalement divorcé de son dernier mari ?

— Oui, bien sûr. » Nadeja continuait de sangloter. « Mais je pensais que ça t'ennuierait peut-être que Boris nous quitte. Il dit qu'il lui faudra vivre à Hollywood. Et mon frère me manquera terriblement. Hollywood est très loin de New York… non ? Boris nous manquera à tous, n'est-ce pas, James ?

— Oui, oui, naturellement. Sacré garçon, ce Boris ! Ce sera drôle d'être parent avec une vedette de cinéma. "Ma belle-sœur, Halma Hoboe". Ma foi, du moment qu'on ne le verra pas, lui, sur l'écran… », dit Targatt d'un ton empreint d'un soudain soulagement qui affleura l'instant d'après. « C'est elle qui paiera ses factures, désormais », marmonna-t-il, trop bas pour que sa femme pût l'entendre.

Il prit un deuxième cigare, renversa confortablement sa tête sur les coussins de son fauteuil, et remarqua en lui-même : « Ma foi, peut-être la chance est-elle en train de tourner… » C'était en effet la première fois, des huit années de son mariage avec Nadeja, qu'une information concernant la famille de sa femme ne conduisait pas aussitôt à l'obligation, pour lui, de tirer un nouveau chèque.

II

James Targatt s'était toujours méfié de toute forme de faiblesse sentimentale ; et pourtant, en faisant le bilan de sa vie, il se demandait maintenant si la seule fois où il n'avait pas été fidèle à ce principe n'allait pas être, au bout du compte, sa meilleure opération financière.

Il n'avait pas eu beaucoup de peine à se méfier du mariage. Il n'avait jamais éprouvé ce besoin abstrait d'être père, et n'avait jamais cru qu'épouser une fille tendre et vieux jeu, détestant la vie mondaine, voulant rester à la maison pour astiquer et repriser, aidait vraiment à la carrière d'un homme ambitieux. Il pensait que cela revenait finalement moins cher de faire astiquer et repriser par des professionnelles, même venues de ces sociétés de ménage aux tarifs exorbitants, qui, avant la dépression, faisaient payer un dollar la minute pour ce genre de service. Finalement, il trouva une veuve allemande à bout de ressources qui accepta des gages de misère, lui fit bien la cuisine, et à bon prix, et rendit son appartement aussi luisant et impeccable qu'un yacht de compétition. Donc, il n'avait aucune obligation matérielle de se marier, et quand il décida soudain de le faire, aucune considération opportuniste n'entra dans l'affaire.

Par la suite, il se dit que ce qui lui était arrivé était peut-être ce qu'on appelait « tomber amoureux ». Il n'avait jamais prévu cela, non plus, et même à présent il n'était pas certain que le coup en pleine poitrine qu'il avait reçu la première fois qu'il avait vu Nadeja méritait vraiment d'être qualifié ainsi. Ce prénom, Nadeja, racontait déjà à lui seul une partie de son histoire. Elle sortait tout droit de cette masse indistincte d'êtres humains en proie à la misère que Targatt appelait les « épaves de guerre ». Un jour – il se demandait encore comment, car il s'était toujours férocement protégé contre de pareilles intrusions – elle était entrée de force dans son bureau et avait essayé de lui vendre (quelle idée !) un tableau peint par son frère Serge. Ils mouraient tous de faim, disait-elle, et c'était probablement vrai. Mais cela ne l'avait pas beaucoup ému. Il avait entendu la même plainte prononcée trop de fois par trop de gens, et elle était trop péniblement liée dans son esprit à cette forme redoutable et de plus en plus fréquente de brigandage connue sous le nom de « collectes ». De plus, Targatt n'avait pas une imagination particulièrement active, et, lui-même étant toujours assuré d'un bon repas, cela ne le troublait guère d'entendre que d'autres ne l'étaient pas. Par conséquent, il était jusqu'à ce jour incapable de dire pour quelle raison il avait acheté sur-le-champ le tableau de Serge et avait épousé Nadeja quelques semaines plus tard. On l'avait coincé contre un mur, on lui avait donné un coup sur le crâne, on avait commis un véritable hold-up. C'était la seule explication possible.

Nadeja ne tenta nullement de repriser et d'astiquer pour son mari – ce qui sans doute était aussi bien, car il aimait que sa maison fût bien tenue. Elle préféra sympathiser aussitôt avec la veuve allemande, et charger cette femme diligente du soin supplémentaire de sa garde-robe, qui était négligeable avant son mariage, mais s'accrut rapidement dès qu'elle devint Mrs Targatt. Il y avait une deuxième chambre de domestique au-dessus de l'appartement, et Targatt proposa du bout des lèvres d'y installer une femme de ménage pour aider Hilda, mais Nadeja répondit que non, qu'elle ne croyait pas que cela plairait à Hilda ; et que la chambre conviendrait parfaitement à Paul, son plus jeune frère, celui qui étudiait le violon.

Targatt détestait la musique, et souffrait intensément (pour un New-Yorkais) des bruits persistants et répétés ; mais Paul, un gentil garçon, qui avait comme sa sœur de longs cils, s'installa dans la chambre voisine de celle de Hilda, où il travailla son violon toute la journée et une grande partie de la nuit. Cette chambre était située juste au-dessus de celle que Targatt partageait maintenant avec Nadeja – et dont elle avait envahi la totalité de l'espace, à l'exception de la tablette où il se rasait. Mais il supporta le bruit de Paul, et ce fut Hilda qui protesta. Elle déclara qu'elle adorait la musique qui lui donnait le *Heimweh*[1], mais que cela, ça lui donnait seulement mal à la tête ; et, à la consternation de Targatt, elle annonça son intention de s'en aller à la fin du mois.

1. Mal du pays. *(N.d.T.)*

C'était le plus grand coup qu'il recevait depuis cette fois – cette unique fois – où il avait fait de mauvaises transactions à la Bourse. Il n'avait pas le temps de chercher une autre domestique, et il savait bien que Nadeja était incapable d'en trouver une. Nadeja, quand il lui fit part de la mauvaise nouvelle, reconnut avec lui son incapacité en ce domaine. « Mais est-ce que nous avons vraiment besoin de domestique ? Je n'ai jamais compris pourquoi, dit-elle. Et la chambre de Hilda conviendrait parfaitement à ma sœur Olga, qui étudie le chant. Elle pourrait répéter avec Paul…

— Oh, Seigneur ! s'écria Targatt.

— Et nous pourrions aller au restaurant tous ensemble… chaque soir un restaurant différent. Ce sera beaucoup plus amusant, n'est-ce pas ? Et puis on peut faire venir des gens pour nettoyer, non ? Hilda était une voleuse… je ne voulais pas te le dire, mais… »

La semaine suivante, la jeune Olga, dont les cils étaient encore plus longs que ceux de Paul, s'installait dans la chambre de Hilda, et, moins d'un mois plus tard, Targatt faisait livrer dans son propre salon un piano à queue (qui prit toute la place laissée par le divan de sa femme) – afin que Nadeja pût accompagner sa sœur quand Paul n'était pas libre.

III

Jusqu'alors, Targatt ne s'était pas beaucoup soucié de la famille de sa femme. Il avait cru comprendre que le père de Nadeja avait été un haut dignitaire à la Cour, avec d'immenses propriétés terriennes, et des armées d'esclaves – non, il pensait en fait qu'il n'y avait plus d'esclaves, ou de serfs, ou quel que fût le nom qu'on leur donnât, dans ces étranges contrées à l'est ou au sud de la Russie. La géographie n'était pas vraiment le fort de Targatt. Il ne possédait même pas d'atlas, et n'avait encore jamais eu le temps d'aller à la bibliothèque pour voir où se trouvaient les steppes natales de son beau-père. En réalité, il n'avait jamais le temps de lire, ni de penser longtemps à autre chose qu'à gagner de l'argent ; il savait seulement que ce vieux Kouradjine avait été un grand manitou dans un pays où les bolcheviks avaient confisqué les biens de tout le monde, et où, apparemment, les femmes (et aussi les jeunes hommes) avaient de longs cils. Mais tout cela appartenait à un conte de fées disparu ; à présent, le vieil homme n'était qu'un numéro parmi d'autres sur la liste du Fonds de secours au Proche-Orient, pendant que Paul, Olga et les autres (Targatt ignorait leur nombre exact) figuraient sur des listes semblables, mais à un titre plus modeste, car on les supposait capables de gagner leur vie. Mais en étaient-ils capables, et d'ailleurs en avaient-ils l'intention ? Voilà ce que Targatt fut, au cours du temps, conduit à se demander.

Targatt n'aimait pas particulièrement recevoir ; mais, du temps de son célibat, il lui arrivait d'inviter un ami à dîner, surtout pour faire admirer le brillant de sa table d'acajou et complimenter la *Wiener Schnitzel*[1] de Hilda. Tout cela était terminé maintenant. Il prenait tous ses repas au restaurant – qui n'était jamais le même ; et il les partageait d'habitude avec Paul, Olga, Serge (le peintre) et la sœur divorcée, Katinka, qui avait trois enfants et un amant réfugié, Dmitri.

1. Escalope à la viennoise. *(N.d.T.)*

Il trouva d'abord cet état de fait très inconfortable, et même pénible ; mais, étant donné qu'il ne pouvait apparemment pas l'empêcher, il s'y adapta, et noya ses soucis intimes dans un surcroît d'activité professionnelle.

Son activité était d'ailleurs triplée par le fait qu'il ne la limitait plus à ses affaires personnelles, mais qu'il devait de plus de plus souvent y inclure des obligations comme organiser une exposition pour les tableaux de Serge, trouver des fonds pour les cours de violon de Paul, essayer de convaincre un impresario d'enrôler Olga pour une tournée de récitals, de persuader un couturier à la mode d'engager Katinka comme vendeuse, de décider un ami banquier à employer Dmitri comme interprète pour ses clients étrangers. Tout cela était assez difficile, et si Targatt n'avait pas été soutenu par l'optimisme obstiné de Nadeja, le courage aurait pu lui faire défaut ; mais le problème crucial était de trouver quoi faire du cadet, Boris, qui avait tout juste dix-sept ans, et les plus longs cils de tous. Boris était trop âgé pour aller à l'école, trop jeune pour travailler dans une banque ou chez un agent de change, et de toute façon trop irresponsable, avec ses grands sourires, pour tenir plus de vingt-quatre heures ce genre d'emploi, si on le lui avait proposé. Durant les trois années qui suivirent son mariage, Targatt n'avait eu qu'une très vague idée de l'existence de Boris, lequel ne faisait pas partie de la première livraison de la famille en Amérique. Mais soudain Boris échoua tout seul, venu d'Odessa ou d'Athènes, et rejoignit aussitôt le reste de la bande au restaurant. Les subsides du Fonds de secours au Proche-Orient étaient alors presque entièrement distribués, et, malgré tous ses efforts, Targatt ne réussit pas à obtenir une aide financière pour Boris, qui durant les premiers mois se contenta de se prélasser dans des poses langoureuses sur le divan de Nadeja ; et comme il était très difficile sur la qualité de ses cigarettes, et qu'il en consommait chaque jour une grande quantité, Targatt, cette fois-ci, se mit enfin à considérer un parent de Nadeja avec une certaine ombre d'hostilité.

La présence de Boris eût été moins éprouvante si, avant son arrivée, Targatt avait pu trouver des situations pour les autres membres de la famille ; mais, malgré ses efforts répétés, ils lui retombaient toujours dessus. Serge ne parvenait pas à vendre ses tableaux, Paul ne trouvait d'engagement dans aucun orchestre, Olga avait abandonné le chant pour la danse, et avait donc recommencé toute une série de cours ; et ce n'était pas l'idée de

Dmitri et de Katinka, Katinka avec ses trois enfants, qui pouvait être apaisante après une dure journée de travail à Wall Street.

En dépit de tout cela, Targatt n'avait jamais vraiment pu rester plus de quelques minutes en colère contre un membre de la bande Kouradjine. Il ne s'en inquiéta pas particulièrement, dans les premiers temps ; il n'avait jamais été du genre à s'analyser ni à disséquer les autres, sauf quand il avait des affaires à traiter. Il avait appris, presque dès la maternelle, à discerner et à orienter les éléments moteurs d'une transaction d'affaires ; mais quant aux autres courants de la nature humaine, il n'en savait pas plus que s'il était resté à la maternelle. Il soupçonnait vaguement Nadeja de s'en être rendu compte et de s'en amuser plus ou moins. Il se souvenait d'un dîner avec un collègue d'affaires, où la femme de ce dernier, raseuse et minaudière, avait alors abordé la question éculée de savoir jusqu'à quel point les mères devaient instruire leurs filles sur... eh bien, vous savez quoi... Jusqu'où exactement devait-on mettre les petites au courant ? C'était un point délicat... n'est-ce pas, Mrs Targatt ? Ainsi coincée, Nadeja avait accueilli cette question par un regard ingénu et surpris. « Au courant ? Il faut donc être mise au courant ? Mais il me semble que la nature suffit pour cela... non ? Quant à moi, je leur apprendrais plutôt la cuisine et la couture », avait-elle répliqué avec son mystérieux sourire. Et soudain, en songeant au cas des Kouradjine, Targatt se dit : « C'est cela ! Les Kouradjine prennent leurs leçons de la nature ! C'est un don, comme une voix de ténor. L'essentiel, c'est de savoir en faire le meilleur usage. » Et il se mit à méditer sur cet attribut qu'il venait de découvrir. De quoi s'agissait-il, en eux ? De charme ? Il espérait bien que non ! Ce simple mot lui donnait la chair de poule, en évoquant de mortels pique-niques, et des dîners plus mortels encore, où, autour de pâtisseries roses dans du papier gaufré, la question « En quoi consiste le charme ? » formait l'aliment de base. « Une femme avec du charme me ferait fuir à des kilomètres ; et la plupart des hommes en feraient autant », pensa-t-il avec un frisson rétrospectif. Et il essaya, pour la première fois, de faire consciemment l'inventaire des attributs de Nadeja.

Elle n'était pas belle ; cela, il en était certain. Il n'était pas très clairvoyant, il ne voyait pas vraiment les gens, même lorsqu'ils étaient sous ses yeux, et il était encore moins capable de se les représenter en leur absence. Lorsque Nadeja était loin de lui, il ne gardait d'elle qu'une image agréablement floue. Mais il n'était pas aveugle au point de ne pas s'apercevoir si une femme était belle ou non. Cependant, la beauté était faite pour être regardée, et non pour qu'on vive avec ; il n'avait jamais désiré épouser une belle femme. Et Nadeja n'était pas non plus très douée ; c'est-à-dire pour parler. (Cela, c'était sûrement une de ses qualités, songea-t-il.) Avait-elle d'autres talents en société ? Les cartes, par exemple ? Oh, il savait bien qu'elle ne répugnait pas, avec Katinka, à tirer dans un vieux paquet de cartes pour dire la bonne aventure quand elles pensaient qu'il n'y prêtait pas attention ; mais un exercice aussi scientifique que le bridge l'intimidait, et elle avait eu le bon sens de ne pas tenter de l'apprendre. Voilà pour la vie sociale ; et quant à la vie au foyer – eh bien, on ne pouvait guère dire que c'était une bonne maîtresse de maison, sans doute. Mais Targatt, au souvenir de sa mère qui passait pour un parangon en ce domaine, ne pouvait qu'être reconnaissant à Nadeja d'être défaillante sur ce point. Finalement, il se dit : « Il me semble qu'elle me plaît pour tout ce qu'elle n'est *pas*. » Ce n'était pas satisfaisant ; mais il ne pouvait pas faire mieux. « Ma foi, en quelque sorte, elle se fond dans le décor », conclut-il ; et, même si cela n'était guère plus convaincant, il y vit comme une clef du caractère des Kouradjine. Oui, en effet, ils se fondaient dans le décor ; ils vous coinçaient un peu, empiétaient beaucoup, mais ils ne se plantaient jamais comme une épine dans votre pied, ils ne vous harcelaient jamais péniblement, et ils ne faisaient jamais vraiment rien qui les rendît indésirables.

Cette caractéristique, dont il s'était vaguement aperçu dès le début, retint alors l'attention de Targatt, parce qu'il entrevoyait là des possibilités en affaires. Le petit Boris n'avait eu qu'à lui emprunter une centaine de dollars pour se rendre à Hollywood, et voilà que ce garçon se trouvait fiancé à la plus grande vedette de cinéma du monde ! À la lueur de cet événement surprenant, Targatt se rappela soudain que Katinka lui avait récemment demandé pour Dmitri, lequel n'avait pas réussi dans la banque, une lettre de recommandation auprès d'un veuf millionnaire qui était le plus brillant luminaire de son horizon professionnel. Il avait accueilli cette suggestion avec réticence.

« Ta sœur est folle, avait-il dit à Nadeja. Comment puis-je recommander ce garçon à un homme comme Bellamy ? Est-ce qu'il a la moindre formation ?

— Eh bien, nous savons que Mr Bellamy cherche un comptable, parce qu'il t'a demandé si tu en connaissais un.

— Oui, mais quelles sont les qualifications de Dmitri ? Est-ce qu'il s'y connaît en comptabilité ?

— Non, pas encore. Mais il dit qu'il pourrait acheter un petit manuel pour apprendre.

— Oh, seigneur ! gémit Targatt.

— Même comme ça, tu ne penses pas pouvoir le recommander, mon chéri ?

— Non, j'en ai bien peur. »

Nadeja n'insista pas ; elle n'insistait jamais.

« J'ai découvert un nouveau restaurant, où l'on fait de bien meilleurs blinis. Est-ce que je leur dis que nous nous retrouvons tous là-bas à huit heures et demie ? » suggéra-t-elle.

Maintenant, en songeant à l'aventure de Boris, Targatt reconsidérait cette conversation. Dmitri était un irrécupérable idiot ; mais Katinka – pourquoi ne pas donner à Katinka la lettre de recommandation pour Bellamy ? Targatt ne voyait pas exactement comment la formuler ; mais il se dit que Nadeja lui donnerait des idées. Car c'était un domaine où elle avait vraiment des idées. Quelques jours plus tard, il lui demanda : « Est-ce que Dmitri a enfin trouvé du travail ? »

Elle le regarda d'un air surpris. « Non. Puisque tu ne pouvais pas le recommander, il n'a pas acheté de manuel.

— Oh, flûte, avec ce manuel ! Écoute, Nadeja... Et si je donnais à Katinka une lettre pour ce vieux Bellamy ? »

Il fit cette proposition avec une certaine gêne, en s'attendant à devoir s'expliquer. Mais c'était inutile avec Nadeja. « Oh, chéri, tu as toujours l'idée qu'il faut ! » s'écria-t-elle en l'embrassant. Et, comme il l'avait prévu, elle lui dit comment rédiger la lettre.

« Et je prêterai à Katinka mon renard argenté », ajouta-t-elle. L'éducation sociale des Kouradjine avait sûrement été bien plus complète que celle de Targatt.

Katinka alla voir Mr Bellamy, et en revint avec la meilleure impression. Rien n'était encore décidé pour Dmitri, car elle avait été obligée d'avouer qu'il n'avait aucune formation de comptable ; cependant Mr Bellamy s'était montré très aimable, et l'avait invitée à venir chez lui un de ces après-midi, pour lui montrer ses tableaux.

De cette visite, Katinka revint également enchantée, mais elle ne semblait pas avoir avancé en ce qui concernait Dmitri. Mr Bellamy l'avait cependant invitée à dîner et au théâtre ; et, quelques semaines plus tard, elle déclara à Targatt et Nadeja :

« Je pense que je vais aller vivre avec Mr Bellamy. Il a un appartement vide pour moi, et il le meublera magnifiquement. »

Targatt se vantait de ne pas avoir de préjugés, mais ce projet le fit grimacer. Cela paraissait bien cruel pour Dmitri, et extrêmement gênant pour Nadeja et lui-même.

« Mais Katinka, si Bellamy s'est entiché de vous à ce point, il devrait vous épouser », dit-il d'un ton sévère.

Katinka acquiesça d'un hochement de tête. « Je suis bien d'accord. Et je pense qu'il le fera, quand j'aurai vécu avec lui plusieurs mois. »

Cela bousculait toutes les théories de Targatt sur son propre sexe. « Mais, ma pauvre fille, si vous commencez par vivre avec un homme comme... comme n'importe quelle femme qu'il peut avoir pour de l'argent, pourquoi diable voudrait-il vous épouser par la suite ? »

Katinka le regarda calmement. Ses cils n'étaient pas aussi longs que ceux de Nadeja, mais elle avait comme elle des yeux pleins de sagesse. « L'habitude », répondit-elle simplement. Et le monde conventionnel de Targatt s'écroula aussitôt à ses pieds. N'était-il pas le premier à savoir qu'on ne pouvait pas se guérir de l'habitude des Kouradjine, une fois qu'on l'avait prise ? Il ne dit rien de plus, en attendant de voir ce qui arriverait à Mr Bellamy.

IV

Mr Bellamy n'offrit pas à Dmitri un emploi de comptable ; mais, peu après son mariage avec Katinka, il l'engagea chez lui comme secrétaire particulier. Targatt eut d'abord un mouvement de surprise et de désapprobation, mais il vit que Nadeja réagissait autrement. « C'est très bien ainsi, dit-elle. J'étais sûre que Katinka n'abandonnerait pas Dmitri. Et Mr Bellamy est si généreux ! Il va adopter les trois enfants de Katinka. »

Cependant, il ne faudrait pas penser que le sort de tous les Kouradjine se réglait aussi facilement. Durant un bref moment, Targatt s'imagina que l'amoureux Bellamy allait se charger de toute la tribu ; mais les difficultés commençaient à Wall Street, et Mr Bellamy limita son hospitalité aux enfants de Katinka et à Dmitri ; comme beaucoup de gens très riches, il ne manifestait aucun intérêt envers ceux dont les infortunes ne concernaient pas directement son propre confort. Ainsi s'évanouit ce rêve de responsabilité partagée, et Targatt se vit en face de perspectives d'affaires nettement moins éblouissantes, avec un nombre encore considérable de Kouradjine à entretenir. Olga, en particulier, était la source d'une certaine anxiété. Elle était moins adaptable, moins douée pour se fondre dans le décor, que les autres, et ses diverses expériences dans le domaine du chant et de la danse avaient tourné court par manque de persévérance. Mais elle était de loin la plus belle de la bande (du moins selon Nadeja) ; et finalement Targatt décida de lui payer un voyage à Hollywood, dans l'espoir qu'elle y deviendrait une vedette de l'écran. Ce projet, cependant, fut entravé par un télégramme menaçant de Boris, envoyé de Reno[1] : « N'envoyez pas Olga. Divorce avec Halma. »

Pour la première fois depuis son mariage, Targatt se sentit vraiment découragé. N'y aurait-il pas trop de Kouradjine, par hasard, et l'habitude des Kouradjine ne commencerait-elle pas

1. Ville du Nevada célèbre pour ses procédures de divorce rapide. *(N.d.T.)*

à s'user ? Toute la famille fut grandement perturbée par l'annonce de Boris, et on estima assez mal placée son imperturbable bonne humeur, lorsqu'il revint à New York après le bref séjour à Reno nécessaire pour régler tous les détails de son divorce d'avec sa vedette de cinéma. Nadeja, toujours optimiste, supposa que cela signifiait qu'il pensait épouser une autre vedette, encore plus riche ; mais Boris répondit « Dieu m'en préserve ! » ; il ne voulait plus entendre parler de Hollywood. Katinka et Bellamy ne l'invitèrent pas à habiter chez eux, et le résultat fut qu'on fit son lit sur le divan du salon, et qu'il partagea la salle de bains de Targatt et Nadeja.

Les choses continuèrent ainsi tant bien que mal durant quelques semaines, lorsque, un jour, Nadeja prit à part son mari, pour lui chuchoter avec des yeux dilatés : « Il a obtenu trois millions. Il en a été certain seulement hier. Le chèque est arrivé. Est-ce que tu penses, chéri, qu'elle aurait dû lui donner plus ? »

Targatt ne le pensait pas ; il avait le souffle coupé par l'exploit de Boris. « Que va-t-il en faire ? demanda-t-il enfin d'une voix étranglée.

— Eh bien, je crois qu'il va d'abord les investir, et puis il ira à Venise, au Lido. Je crois qu'il y a là-bas une fille dont il est amoureux. Je savais bien que Boris ne divorçait pas pour rien. Il va la retrouver là-bas. »

Targatt ne put réprimer un mouvement d'indignation. Avant d'investir ses millions, Boris n'allait-il donc pas faire quelque chose pour sa famille ? Nadeja déclara que c'était une question qu'elle s'était posée, elle aussi ; mais Boris avait annoncé qu'il avait investi son argent le matin même, et bien sûr les premiers intérêts ne tomberaient qu'au bout d'un trimestre. En attendant, il était tellement amoureux qu'il avait pris un billet pour le lendemain, sur le *Berengaria*. C'était bien naturel, n'est-ce pas ?

Targatt ravala sa colère, et répondit que oui, c'était sans doute très naturel. Après tout, si ce garçon avait trouvé une jeune fille qu'il pouvait aimer et respecter, et s'il avait l'argent qu'il fallait pour s'installer en ménage, personne ne pouvait le blâmer de précipiter sa cour. Et Boris se précipita.

Mais, entre-temps, l'élimination de deux Kouradjine n'avait pas eu l'effet espéré, à savoir réduire le nombre total de la tribu. Au contraire, ce total avait augmenté ; car soudain trois nouveaux membres étaient apparus. D'abord, une princesse russe d'un certain âge, et complètement ruinée (une lointaine cousine, expliqua Nadeja) avec qui le vieux Kouradjine avait décidé de contracter une alliance tardive, maintenant que le reste de la famille était casé. (« Il ne pouvait pas faire moins », reconnurent mystérieusement Katinka et Nadeja.) Les autres nouveautés, plus sensationnelles, étaient deux magnifiques jeunes créatures, connues par la tribu sous les prénoms respectifs de Nick et Mouna, mais dont les difficultés au bureau des passeports laissaient entendre qu'on avait conçu quelques doutes quant à l'authenticité du reste de leur nom. Ces difficultés furent finalement surmontées grâce aux efforts de Targatt, et, arrachés aux griffes d'Ellis Island[1], Nick et Mouna rejoignirent gaiement la bande dans un nouveau restaurant, *Le Transcaucasien*, que Nadeja avait récemment découvert.

Avec son expérience des affaires humaines désormais immensément plus riche, Targatt ne douta guère des origines de Nick et Mouna, et lorsque Nadeja lui murmura un soir (au milieu du tumulte des ablutions tardives de Boris dans la salle de bains contiguë) : « Tu vois, ce pauvre papa sentait qu'il avait une obligation de les caser », Targatt ne songea même pas à demander pourquoi.

Mais il avait maintenant sept Kouradjine plus ou moins à ses crochets, et la nuit suivante il veilla tard pour réfléchir et faire quelques calculs. Il ne pouvait pas exposer crûment le résultat de ses méditations nocturnes, même à Nadeja, mais il lui dit le lendemain : « Que s'est-il passé avec cet appartement de Bellamy où logeait Katinka ?

— Eh bien, il a donné à Katinka le loyer comme cadeau de mariage ; mais on dirait que les gens sont moins riches aujourd'hui ; c'est un très bel appartement, le loyer est élevé, et les locataires ne peuvent plus se permettre d'y rester…

— Alors, fit Targatt avec une brusque résolution, dis à ta sœur que si elle baisse le loyer de vingt-cinq pour cent, je reprends le bail. »

Nadeja eut l'air tout étonné. « Oh, James, tu es un ange ! Mais que penses-tu pouvoir en faire ? »

Targatt se redressa. « Y vivre », déclara-t-il intrépidement.

---

1. Île au large de Manhattan, où se trouvaient les services d'immigration. *(N.d.T.)*

V

C'était la première fois de sa vie (excepté le jour où il avait épousé Nadeja) qu'il se montrait intrépide ; et il ne pouvait pas nier que cette sensation lui plaisait. Mais il n'avait pas agi entièrement pour le plaisir ; il avait une idée derrière la tête. Or, cette idée, il préférait pour le moment ne la confier à personne. Il demanda seulement à Katinka, laquelle, sous l'enseignement du majordome de Mr Bellamy, avait acquis quelques notions rudimentaires de tenue de maison, de fournir à Nadeja une bonne domesticité, et d'essayer de lui apprendre comment la diriger ; puis il annonça à Nadeja qu'il avait décidé de donner des réceptions. Ils s'étaient déjà fait quelques relations élégantes chez les Bellamy, et ils se mirent à les inviter dans le nouvel appartement, les nourrissant de cuisine exotique et les stimulant avec de mystérieux cocktails. À ces dîners, on rencontrait les plus jeunes et les plus charmants des Kouradjine : Paul, Olga, Nick et Mouna, et tout le monde s'en allait ravi de les avoir connus.

Ce nouveau mode de vie entraînait des dépenses considérables ; et plus encore lorsque Nadeja, à l'instigation de Targatt, proposa à Olga, Nick et Mouna de venir vivre chez eux. À cette suggestion de son mari, Nadeja déborda de gratitude ; mais sa gratitude, comme toutes ses autres émotions, était si délicieusement modulée que Targatt eut l'impression de recevoir une douce rosée tombée du ciel, suscitant en lui un nouvel élan de tendresse. Cependant, il persista à ne pas s'expliquer. Il gardait son idée, et, sachant que Nadeja ne le harcèlerait pas de questions, il attendit tranquillement, bien que Wall Street fût de plus en plus instable, qu'ils n'eussent pas de nouvelles de Boris, et que Paul et Olga fussent toujours sans emploi.

Ces petits dîners chez les Targatt, et les cocktails sélects de Nadeja, commençaient à faire fureur dans un milieu bien plus huppé que celui des Bellamy. On y voyait presque toujours un ou deux des plus charmants Kouradjine ; mais maintenant il fallait les arracher aux réceptions les plus chic de Park Avenue ou les plus joyeuses de Long Island, et Targatt et Nadeja devaient s'assurer de leur présence longtemps à l'avance ; donc, il n'y avait jamais aucun danger de les voir soudain encombrer le plancher.

Au contraire, il leur arrivait parfois de tous disparaître en même temps. Après une soirée de ce genre, Targatt, conscient que la réception n'avait pas « marché », allait déverser sa colère contre l'absence de Serge lorsque Nadeja lui déclara avec douceur : « Je regrette que Serge ne t'ait pas prévenu, mais je crois que c'était le jour où il devait épouser Mrs Leeper.

— Mrs Leeper ? Non ! La propriétaire du dentifrice Éclat Nacré ? Celle qu'il a rencontrée chez les Bellamy, et qui voulait lui faire décorer sa salle de bal ?

— C'est ça. Mais je crois que finalement elle n'a pas voulu qu'il décore sa salle de bal. Donc, à la place, elle l'a épousé. »

Un an plus tôt, Targatt n'aurait su répondre que par un grognement incrédule. Mais, depuis lors, son éducation avait fait des bonds gigantesques, et il déclara simplement : « Je vois... » Et il se remit à son petit déjeuner souriant intérieurement. Il avait reçu la note du tailleur de Serge le jour précédent, et il avait réfléchi durant toute la nuit à ce qu'il allait dire à ce garçon quand il le verrait. Mais, maintenant, il se contenta de dire : « Cette femme a deux millions de dollars de revenus », et il en conclut que l'expérience du nouvel appartement se montrait encore plus fructueuse qu'il ne l'avait imaginé. Si l'on pouvait aussi facilement se débarrasser de Serge, il n'y avait aucune raison de désespérer de Paul ou d'Olga. « Mrs Leeper n'a-t-elle pas un neveu ? » demanda-t-il à Nadeja ; laquelle, comme si elle avait lu dans ses pensées, répondit d'un ton plein de regret : « Oui, mais je crains qu'il ne soit marié.

— Oh, alors, il faut envoyer Boris lui parler ! » railla Targatt. Nadeja, qui ne riait jamais, eut un petit sourire en rétorquant : « Mais Boris lui-même va bientôt être marié. » Elle tendit les journaux du matin à son mari, qui n'avait pas eu le temps de les parcourir, et il lut, en gros titres ronflants, l'annonce du mariage à Londres du prince Boris Kouradjine, fils du prince Peter Kouradjine, souverain héréditaire du Daghestan, et chambellan à la cour de feu Sa Majesté impériale le Tsar Nicolas, avec miss Mamie Guggins de Rapid Rise, Oklahoma. « Boris a légèrement exagéré le rang de notre père », commenta Nadeja. Mais Targatt répliqua d'un air songeur : « Personne ne saurait exagérer la fortune des Guggins. » Et Nadeja poussa un soupir discret.

Il ne faut pas supposer que la fortune de ces Kouradjine fût d'un avantage direct pour Targatt. Il ne s'était jamais attendu à cela, ne l'avait même pas espéré. Aucun Kouradjine n'avait jamais proposé de lui rembourser les sommes qu'il avait dépensées pour éduquer sans succès et habiller avec profit les membres irrésistibles de sa belle-famille ; et ses prodigieuses notes de restaurant ne s'étaient jamais trouvées réduites par une offre de participation. Seule la vieille Kouradjine (ainsi qu'il était commode d'appeler la princesse, pour la distinguer de tant de jeunes gens, quand elle était hors de portée), avait dit avec des larmes dans les yeux, le jour de son mariage : « Croyez bien, mon bon James, que ce que vous avez fait pour nous tous ne sera pas oublié quand nous retournerons au Daghestan. » Elle parlait avec tant de sincère émotion, les larmes adoucissaient tellement ses yeux splendides et fatigués, que Targatt, sur le moment, se sentit remboursé.

D'autres remboursements, plus substantiels, devaient lui provenir de son alliance avec les Kouradjine ; et c'était cette perspective qui avait gouverné sa conduite. Depuis le jour où il s'était avisé d'envoyer Katinka auprès de Mr Bellamy, rien ne l'avait fait dévier de sa résolution. Et lentement, mais sûrement, il commençait à être récompensé de ses efforts.

Mr Bellamy, par exemple, n'avait pas trouvé le moyen de caser les plus jeunes des Kouradjine ; mais il laissa volontiers Targatt prendre pied dans une de ces transactions lucratives normalement réservées aux gros actionnaires. Mrs Leeper, de son côté, lui donna la possibilité d'acheter une grande quantité de valeurs d'Éclat Nacré, à des conditions exceptionnelles. Et puis la mode et la finance avaient remarqué les jeunes Kouradjine, étaient tombées sous leur charme, et donc les occasions d'investissements rapides devinrent innombrables pour Targatt. À présent, une délicieuse chaleur lui parcourait le dos à l'idée que les alliances précédentes des Kouradjine pâlissaient toutes en face de la richesse renversante de la conjointe de Boris. « C'est maintenant au tour de Boris de me rendre service », se dit-il ; mais il ne s'attendait nullement à ce que ce service vînt spontanément de Boris. La nouvelle princesse Kouradjine fut certes incitée à donner son ancienne garde-robe à Olga et Mouna ; et Boris offrit des étuis à cigarettes à ses frères et à son beau-frère ; mais ses prodigalités s'arrêtèrent là. Targatt n'en fut cependant pas troublé ; il y avait des années qu'il espérait rencontrer le grand Mr Guggins, et voilà qu'il se trouvait apparenté avec la fille unique de ce monsieur !

Mr Guggins, lorsqu'il se trouvait sous l'influence d'un bonheur domestique ou de l'alcool, était presque aussi émotif que les Kouradjine. À son retour à New York, après s'être séparé de sa fille unique, il fut accueilli sur le quai par Targatt et Nadeja, qui l'invitèrent à dîner le soir même avec tous les Kouradjine, dans un joyeux nouveau restaurant ; et Mrs Guggins sympathisa tellement avec la vieille princesse, à qui elle confia sa difficulté à trouver de bons laveurs de carreaux à Rapid Rise, que dès le lendemain Targatt put se dire, en ses propres termes, qu'il avait le vieux dans la poche. Mr Guggins resta une semaine à New York, et avant son départ Targatt en savait suffisamment sur les industries Guggins pour faire quelques nouveaux investissements extrêmement profitables ; et Mrs Guggins engagea Olga comme secrétaire particulière.

VI

Stimulée par ces réussites successives, l'imagination tardive de Targatt s'épanouit comme une fleur japonaise dans l'eau. Il ne vit plus aucune limite à ce qu'il pouvait accomplir grâce aux Kouradjine. Il avait déjà trouvé pour le vieux prince un poste de représentant d'une des principales sociétés de marchands de tableaux de Paris, Paul et Nick étaient danseurs professionnels dans des night-clubs à la mode, et, pour le moment, seule la ravissante mais difficile Mouna pesait sur l'esprit et les revenus de Targatt.

Pour la première fois de sa vie, il goûtait aux fruits de l'aisance matérielle, et il les trouvait étonnamment savoureux. Il n'était plus jeune, il lui fallait plus de temps qu'autrefois pour faire un parcours de golf, et il lui arrivait de raconter deux fois ses bonnes histoires au même interlocuteur. Mais la vie était à la fois excitante et paisible, et il devait reconnaître que son champ d'intérêt s'était immensément accru. Tout cela, bien sûr, il le devait d'abord à Nadeja. Pauvre Nadeja – elle n'était plus tellement jeune, elle non plus. Elle était encore mince et souple, mais elle avait de petites rides aux coins des yeux, et un certain effondrement aux commissures des lèvres. D'autres peut-être ne remarquaient pas ces changements, pensa Targatt ; cependant, ils ne lui échappaient pas, à *lui*. Car Targatt, naguère si peu clairvoyant en face de la beauté, était devenu un expert en la matière, et il souriait d'un air entendu lorsque ses nouveaux amis vantaient les jeunes charmes de Mouna, ou inclinaient en faveur des séductions plus mûres d'Olga. Personne maintenant ne pouvait rien lui apprendre sur les « valeurs » respectives des Kouradjine ; ils les avaient classés comme des grands crus, et c'était réconfortant pour lui de penser que la valeur de Nadeja sur le marché était au fond la moins considérable. C'était un coup de chance – une partie de sa chance miraculeuse avec les Kouradjine – si son choix s'était porté sur la Kouradjine qui était la moins susceptible de provoquer des histoires ou des scandales ; et après avoir passé une journée exaltante à Wall Street, ou des moments pénibles à se débattre pour tirer Paul ou Mouna de nouveaux ennuis, il s'enfonçait dans son fauteuil en songeant avec satisfaction au calme de son ménage.

Mais vint un jour où il sentit que la comparaison avec ses sœurs tournait trop au désavantage de Nadeja. Était-ce parce qu'elles avaient de plus beaux vêtements – ou, comme Katinka, de plus riches joyaux ? Il s'aperçut que la pauvre Nadeja n'avait jamais eu aucun autre bijou que sa bague de fiançailles ; qui d'ailleurs était une pauvre chose. Était-il possible, se demanda Targatt, qu'elle devînt négligée avec l'âge, et qu'elle eût besoin des interventions discrètes du couturier et de l'esthéticienne ? D'un air un peu gêné, il lui suggéra de ne pas se laisser faire de l'ombre par Katinka, qui était de deux ou trois ans son aînée ; et il appuya sa suggestion par une chaîne de diamants de Cartier, et le conseil cordial d'essayer le couturier de Mrs Bellamy.

Nadeja reçut le bijou avec la joie qui convenait, et parut au dîner suivant dans une robe que tout le monde remarqua favorablement. Katinka s'écria : « Eh bien, voilà enfin cette pauvre Nadeja vraiment *habillée* ». Mouna bouda visiblement, et déclara à son beau-frère : « Si vous voulez que les gens intéressants me demandent de vos nouvelles, vous devriez me laisser commander quelques robes chez le fournisseur de Nadeja. »

Tout se déroulait comme il fallait, et l'éclat retrouvé de sa femme accrut la satisfaction de Targatt. Il lui semblait étrange que les robes et les bijoux pussent agir comme un remontant même sur une femme sensée comme Nadeja ; mais tous les Kouradjine étaient étranges, et Dieu savait si Targatt n'avait aucune raison de leur en vouloir pour leurs petits caprices – surtout maintenant que les fiançailles d'Olga avec le frère de Mrs Guggins (représentant la société Guggins à Londres et à Paris) avaient été officiellement annoncées. Quand la nouvelle arriva, Targatt offrit à sa femme des boucles d'oreilles d'émeraude, et lui proposa d'aller passer leurs vacances d'été à Paris.

Ce fut cet hiver-là que New York entra en émoi en apprenant que le célèbre portraitiste Axel Svengaart allait arriver pour « exécuter » une demi-douzaine de personnes triées sur le volet. Svengaart n'était encore jamais venu à New York, et avait toujours affirmé que toute personne voulant être peinte par lui devait elle-même venir dans son atelier d'Oslo ; mais il s'était soudain avisé qu'une ambiance américaine pouvait donner une orientation nouvelle à son œuvre, et après avoir peint une dame descendant de voiture en face de l'usine d'automobiles de son mari, et Mrs Guggins sur un arrière-fond de puits de pétrole jaillissant à Rapid Rise, il se présenta à New York pour organiser une exposition de ces toiles sensationnelles. Tout New York retentit de l'originalité et de l'audace de cette nouvelle expérience. Après avoir souhaité être « exécuté » dans le cadre traditionnel d'une bibliothèque gothique ou d'un salon Renaissance, on trouvait incroyablement excitant d'être portraituré au milieu des sources avouées de sa propre fortune ; et la femme d'un plombier fabuleusement riche se laissa presque persuader d'être représentée sortant de sa baignoire, dans une salle de bains luxueuse munie des plus récents équipements sanitaires.

Nimbé de ses derniers exploits, Axel Svengaart promena sa tête de Viking et son monocle de Parisien d'un salon new-yorkais à l'autre, observant, jugeant, et même, quoique rarement, complimentant, mais refusant absolument de prendre toute nouvelle commande, ou de retarder d'un seul jour la date de son départ. « J'ai tout emmagasiné ici », disait-il en touchant d'abord son front, ensuite sa poche ; et le marchand qui lui servait d'impresario laissa entendre que même les offres les plus exagérées seraient rejetées.

Targatt vit bien sûr le grand homme. Il eût été naguère intimidé par cette rencontre ; mais maintenant il pouvait plaisanter avec aisance au sujet des Guggins, et même demander à Svengaart s'il n'avait pas été frappé par la secrétaire particulière de Mrs Guggins, qui était sa belle-sœur, et était sur le point d'épouser le représentant à Paris de Mr Guggins.

« Ah… cette ravissante Kouradjine… oui, en effet. Elle nous a fait de délicieux blinis », déclara Svengaart en hochant la tête. Mais Targatt se rendit compte avec surprise que les qualités plastiques d'Olga n'avaient pas intéressé le peintre.

« Oh, eh bien, j'imagine que vous en avez assez de nous… j'ai entendu dire que vous partiez cette semaine. »

Svengaart laissa tomber son monocle. « Oui, j'en ai assez. » Cela se passait après le dîner, chez les Bellamy, et il s'était soudain assis à côté de Targatt, sur le divan. « Je n'aime pas votre nourriture congelée, poursuivit-il. Une seule chose pourrait m'inciter à retarder mon départ. » Il remit son monocle et regarda Targatt droit dans les yeux. « Que vous me donniez la permission de peindre Mrs Targatt… oui, pour cela, je resterais un mois de plus. »

Targatt le regarda avec stupeur, et resta sans voix. Nadeja – le grand homme voulait peindre Nadeja ! Cette idée éveillait tant de considérations contradictoires que sa réponse, quand elle vint enfin, fut un bégaiement. « Quoi ? Vraiment ? C'est une surprise... un grand honneur, bien sûr... » Une liste des tarifs de Svengaart se dessina hideusement devant ses yeux. Le peintre, le voyant entouré de millionnaires, le prenait probablement pour un homme très riche – manœuvrait peut-être pour obtenir de lui une somme extraordinaire. Car pour quelle autre raison aurait-il voulu peindre Nadeja ? Targatt tourna la question en plaisanterie. « Je crains que vous ne me confondiez avec mon beau-frère Bellamy. Il aurait dû vous convaincre de peindre sa femme. Car, pour ma part, j'ai peur que mes moyens ne me permettent pas... »

L'autre l'interrompit d'un geste irrité. « Je vous en prie, mon cher monsieur. Personne ne peut me "convaincre" de faire un tableau. Et dans le cas de Mrs Targatt, je n'ai pas du tout l'intention de vous vendre son portrait. Si je la peins, ce sera pour moi-même. »

Targatt écarquilla les yeux. « Pour vous-même ? Vous voulez dire que vous peindriez ce tableau pour le conserver ? " Il eut un rire gêné. « Nadeja en serait énormément flattée, bien entendu. Mais, entre nous, est-ce que cela ne vous ennuierait pas de me dire pourquoi vous voulez la peindre ? »

Svengaart se leva avec un petit rire. « Parce qu'elle est la seule femme méritant d'être peinte que j'aie vue par ici. Ses contours sont incomparables pour un portrait en pied. Et je ne puis vous dire à quel point cela me changera agréablement. »

Targatt gardait les yeux écarquillés. Un murmure estimatif s'échappa de sa gorge sèche. Il se souvenait que Svengaart demandait quinze mille dollars pour un portrait en buste. Et il voulait peindre Nadeja en pied pour rien du tout ! Seulement voilà, ce bandit voulait garder le tableau pour lui. Alors, où était l'avantage ? Cela mettrait Nadeja inutilement en vedette ; et faire toutes ces séances de pose pour rien... ça avait tout l'air d'être une filouterie...

« Naturellement, je le répète, ma femme serait immensément flattée ; seulement, elle est très occupée... sa famille, ses obligations mondaines... Je ne peux vraiment pas garantir... »

Svengaart sourit. « Lorsque je travaille à un portrait, je fais d'habitude de nombreuses études, dont certaines sont presque aussi achevées que le tableau. Si Mrs Targatt voulait bien en accepter une… »

Targatt rougit jusqu'à la racine de ses cheveux clairsemés. Une étude de Svengaart sur le manteau de la cheminée ! (« Oui… une jolie image de Nadeja, n'est-ce pas ? La main de Svengaart se reconnaît tout de suite… c'était son idée à lui… il a insisté pour la peindre… »)

Nadeja était en train de prendre une pile de partitions sur le couvercle du grand piano. Elle allait accompagner Mouna, qui s'était mise au chant. En la voyant ainsi debout les bras levés, se découpant sur les teintes douces des tapisseries du mur, le peintre s'écria : « Là… là ! C'est exactement ça ! Vous comprenez maintenant pourquoi je veux la peindre ? »

Mais Targatt ne put rien répondre sur le moment. Il pensait au fond de lui-même que Nadeja avait son allure ordinaire – peut-être un peu plus fatiguée que d'habitude ; elle s'était plainte d'une migraine le matin même. Cependant, son courage se montra à la hauteur de la circonstance. « Ah, les fameux "contours" de ma femme, hein ? Ma foi, je ne peux rien promettre… vous feriez mieux d'essayer vous-même de la convaincre. »

Et, en conduisant Svengaart vers le piano, Targatt était tellement exalté que, sous son pas chancelant, le parquet des Bellamy lui parut glissant comme un miroir.

VII

Le ravissement de Targatt fut intense mais de courte durée. Nadeja « exécutée » par Axel Svengaart – il avait mesuré en un éclair l'étendue de l'affaire. Il s'était tenu à l'écart pour voir, avec un profond sourire de satisfaction, une lueur d'étonnement s'allumer dans les yeux de sa femme ; et lorsqu'elle se tourna vers lui pour chercher son approbation, il hocha la tête. Bien sûr, elle devait poser pour le grand homme, lui fit-il comprendre d'un regard. Il s'aperçut que Svengaart trouvait drôle que Mrs Targatt demandât la permission de son mari ; mais cela ne fit qu'approfondir sa satisfaction. Et zut, il ferait beau voir qu'on pût engager sa femme comme un modèle professionnel ! Le meilleur moment fut sans doute le lendemain, lorsqu'elle demanda timidement : « Mais, Jim, as-tu réfléchi au prix ? » À quoi il répondit, les mains dans les poches, un sourire détendu aux lèvres : « Il n'y a pas à réfléchir au prix. Il fait ça par admiration pour tes magnifiques "contours". Et nous aurons une copie gratis. Tu savais que tu avais de magnifiques contours, ma vieille Nad ? »

Elle le regarda un instant d'un air grave. « Il y a bien longtemps que je n'y ai pas pensé », fit-elle.

Targatt lui tapota l'épaule en riant. Quelle enfant elle était ! Mais, par la suite, il eut l'impression qu'elle n'avait pas été particulièrement surprise par la requête du peintre. Peut-être avait-elle toujours su qu'elle méritait d'être peinte, comme avait dit Svengaart. Peut-être – et là, il eut légèrement froid dans le dos –, peut-être Svengaart lui avait-il déjà parlé, peut-être s'était-il entendu avec elle avant de faire sa demande au mari. À cette idée, Targatt se sentit étonnamment mal à l'aise, et il se dit que c'était la première fois, dans toute leur vie conjugale, qu'il avait une raison de soupçonner Nadeja de duplicité, même la plus innocente. Or cette raison, si elle était vraie, ne pouvait guère être considérée comme entièrement innocente…

Targatt s'empressa de se débarrasser de pareilles pensées. Voilà qu'il se comportait comme Paillasse ! Vraiment, cette association avec des étrangers risquait de transformer un simple homme d'affaires en héros d'opéra ! C'était le jour de la première séance de pose, et, au moment où il partait pour son bureau, il lança gaiement à Nadeja : « Eh bien, à ce soir ! Et ne te laisse pas tourner la tête par ce type ! »

Il ne put pas obtenir grand-chose de Nadeja sur la façon dont se passaient les séances de pose. Ce n'était pas qu'elle parût cachottière ; mais elle n'avait jamais été douée pour rapporter les conversations, et ce qui se produisait en dehors du cercle familial, même si cela lui arrivait à elle, lui semblait toujours d'un intérêt secondaire. En attendant, les séances se multipliaient. Malgré la liberté de son style, Svengaart travaillait lentement ; et il trouvait apparemment que Nadeja était un sujet difficile. Targatt se mit à ruminer la situation ; certains pensaient que ce type était beau, dans le genre maigre comme un lévrier, et son cosmopolitisme lui donnait des manières aisées – des manières européennes. C'était dans ces manières-là que Nadeja avait été élevée ; sentirait-elle soudain qu'elles lui avaient manqué durant toutes ces années ? Targatt se glaça à cette idée. La crainte d'être un personnage ennuyeux ne l'avait jusqu'alors jamais effleuré. Mais à présent, quand il se rasait, la vision de son visage dans le miroir lui était tellement insupportable qu'il détournait la tête, au risque de s'entailler la gorge. Rien du lévrier en lui – ni d'ailleurs du Viking.

Peu à peu, à mesure que ces pensées lui traversaient l'esprit, il se mit à se dire que, lui qui avait tout reçu de Nadeja, il ne lui avait donné en retour que très peu de choses. Ce qu'il avait fait pour sa famille ne comptait pour rien dans l'évaluation de leur passé. La question était : quelle sorte de vie avait-il offerte à Nadeja ? Et la réponse était : aucune vie du tout ! Elle avait passé ses meilleures années à s'occuper des autres ; il n'avait pas souvenir qu'elle eût jamais exigé une faveur ou se fût jamais plainte d'être négligée. Et pourtant, elle n'était jamais ennuyeuse ou effacée : elle était simplement Nadeja – une créature infiniment tolérante, complètement exempte de préjugés, sublimement généreuse et désintéressée.

Eh bien, ce serait curieux – pensa Targatt, avec une pointe de douleur presque physique – que personne n'eût été sensible à des qualités aussi exceptionnelles. S'il lui avait fallu dix années pour les découvrir, d'autres avaient peut-être été moins aveugles que lui. Il n'avait jamais remarqué ses « contours », par exemple ; et pourtant ce peintre, dès qu'il avait posé les yeux sur elle…

Targatt s'agitait nerveusement dans son siège. Où était donc Nadeja ? se demandait-il. Le crépuscule d'hiver était tombé, et les peintres ne travaillent pas sans la lumière du jour. La journée de pose devait être terminée et pourtant elle n'était pas rentrée. D'ordinaire, Nadeja était toujours là pour l'accueillir à son retour du bureau. Elle lui avait donné l'habitude d'une tasse de thé, avec un petit sandwich au caviar et une tranche de citron, et le samovar murmurait déjà près du feu. Quand elle sortait voir un membre de sa famille, elle téléphonait toujours au cas où elle rentrerait tard ; mais la bonne déclara que madame n'avait pas appelé.

Targatt se leva pour marcher de long en large ; puis il se rassit, alluma une cigarette, et l'écrasa aussitôt. Il se souvenait que Nadeja n'avait nullement été choquée en apprenant que Katinka avait décidé de vivre avec Mr Bellamy ; elle s'était seulement demandé si c'était un pas vers le mariage, et avait été satisfaite de l'attitude de sa sœur. Et les manœuvres matrimoniales de Boris n'avaient pas non plus semblé la gêner. Elle était entièrement dénuée de rigueur morale ; pour la première fois, cette pénible réalité s'imposait aux yeux de Targatt. La cruauté la révoltait ; mais sinon elle paraissait estimer que les gens pouvaient faire ce qu'ils voulaient. Et pourtant, elle-même, avait-elle jamais fait ce qu'elle voulait ? Telle était la douloureuse énigme. Elle semblait accorder toute latitude aux autres, et en demander si peu pour elle-même !

Les psychologues ne prétendent-ils pas qu'il y a dans la vie de toute femme – de toute femme qui se sacrifie – un moment où sa personnalité réprimée s'affirme brusquement, corps et âme, et où elle oublie tout le reste, tous ses devoirs, tous ses liens, toutes ses responsabilités ? Targatt éclata d'un rire amer. Que signifiaient pour Nadeja les mots « devoirs, liens, responsabilités » ? Rien de plus que pour les autres Kouradjine. Les mots n'avaient pas le même sens pour eux et pour lui. Il se sentit soudain écrasé de solitude, comme s'il avait passé toutes ces années marié à une créature trompeuse et opalescente surgie des vagues...

Non, elle ne pouvait pas être encore à l'atelier ; ou, si elle y était encore, ce n'était pas pour poser. Maudit portrait ! pensa-t-il – pourquoi diable avait-il accepté qu'elle posât pour Svengaart ? Par pure cupidité, par snobisme, par désir de posséder un Svengaart, et par joie de l'obtenir pour rien. Plus il analysait ses propres motifs, plus il avait de dégoût pour le personnage qu'il était. Mais, quel que fût le triste rôle qu'il eût joué, il n'allait pas y ajouter celui du mari trompé...

« Flûte, je vais aller voir ce qui se passe ! » grogna-t-il en redressant les épaules et en prenant résolument le chemin de la sortie. Mais, quand il fut dans le vestibule, il entendit le cliquetis d'une clef ; jamais musique ne lui avait paru plus douce. La porte s'ouvrit sur Nadeja, pâle et souriante. « Jim… tu allais sortir ? »

Il eut un rire gêné. « Sais-tu quelle heure il est ? Je commençais à être inquiet.

— Inquiet pour moi ? » Elle sourit de nouveau. « Mon Dieu, c'est vrai ! C'est presque l'heure du dîner, n'est-ce pas ? »

Il la suivit dans le salon, dont il ferma la porte. Il avait l'impression d'être un personnage de comédie de mœurs démodée ; et il eut en effet une réplique de mari de théâtre. « Nad, d'où viens-tu ? demanda-t-il brusquement.

— Eh bien, de l'atelier. C'était ma dernière séance de pose.

— On ne pose pas pour son portrait dans le noir. »

Il lut une légère surprise dans les yeux de Nadeja, qui se penchait sur le samovar. « En effet, je n'ai pas posé tout le temps… pas la dernière heure, sans doute. »

Elle parlait aussi calmement que d'habitude, pourtant il crut discerner une petite rancœur dans sa voix. Contre lui – ou contre le peintre ? Mais comme il se laissait emporter par son imagination ! Il s'assit dans son fauteuil coutumier, prit la tasse de thé qu'elle lui tendait. Il était décidé à se comporter comme un être raisonnable, et pourtant jamais la raison ne lui avait autant paru étrangère à la réalité. « Ah, eh bien… j'imagine que vous aviez des tas de choses à vous dire, tous les deux. Svengaart te plaît bien, n'est-ce pas ?

— Oh, oui, je l'aime beaucoup ! Sais-tu, ajouta-t-elle aussitôt, combien il a gagné durant sa visite en Amérique ? Bien sûr, il me l'a dit en confidence. Deux cent mille dollars. Et il était déjà riche. »

Elle annonça cela avec tellement de sérieux que Targatt ne put s'empêcher de rire. « Eh bien, et alors ? Je ne trouve pas que ce soit de très bon goût de sa part de se vanter de la manière dont il ratisse ses clients. Mais cela montre qu'il n'a pas fait un grand sacrifice en te peignant pour rien, répliqua-t-il d'un ton irrité.

— En effet, et je lui ai dit qu'il aurait dû te peindre toi aussi.

— Me peindre, moi ? » Targatt rit de plus belle. « Et alors, que t'a-t-il répondu ?

— Oh, il a ri comme toi en ce moment, répondit Nadeja. Mais il dit qu'il ne se mariera jamais… jamais. »

Targatt posa sa tasse avec un bruit sec. « Il ne se mariera jamais ? De quoi diable parles-tu ? Qui est-ce que ça peut intéresser, qu'il se marie ou non ? fit-il d'une voix étranglée.

— Moi », déclara Nadeja.

Il y eut un silence. Nadeja porta sa tasse de thé à ses lèvres, et le calme de ses gestes rappela à Targatt l'enthousiasme que Svengaart avait manifesté en la voyant prendre une pile de partitions. Il eut l'impression de la regarder vraiment pour la première fois de sa vie ; et il se demanda si ce serait la dernière. Il se racla la gorge pour essayer de parler, de dire quelque chose de grandiose, de magnanime. « Eh bien, si...

— Non, c'est inutile. Il ne voudra rien entendre. Je lui ai dit : vous ne trouverez nulle part une *plastique* comparable à celle de Mouna.

— De Mouna ? »

Elle se tourna vers lui avec un petit haussement d'épaules. « Oh, mon pauvre Jim, es-tu aveugle à ce point ? Tu ne t'es donc pas aperçu que nous avons tous essayé de lui donner envie d'épouser Mouna ? Ce sera mon premier véritable échec, je pense », conclut-elle avec un soupir d'excuse.

Targatt appuya son menton sur ses mains et la regarda fixement. Elle paraissait fatiguée, sûrement, et plus âgée ; trop fatiguée et trop âgée pour quelqu'un qui était loin encore d'avoir quarante ans. Et Mouna – bon Dieu, pourquoi s'était-elle mis en tête de faire épouser Mouna par cet homme ? C'était indécent, c'était choquant, c'était incroyable... pourtant il ne douta pas un seul instant de la véracité de ce que disait sa femme.

« Mouna ? ne put-il que répéter stupidement.

— Eh bien, vois-tu, chéri, nous nous faisons tous un peu de souci pour Mouna. Et j'étais tellement contente que Svengaart demande de me peindre, parce que j'ai pensé : maintenant, je vais pouvoir faire quelque chose. Mais non, je n'ai rien pu faire. »

Targatt respira profondément. Il avait l'impression d'inspirer un élément « résurrecteur », et ce fut avec la sévérité la plus superficielle qu'il déclara : « Je n'aime pas cette idée de jeter ta sœur dans les bras des hommes.

— En effet, ça n'a servi à rien », soupira Nadeja, complètement insensible, comme d'habitude, à l'aspect moral du reproche.

Targatt se leva avec malaise. « Il n'a pas voulu d'elle, à aucun prix ? »

Elle secoua tristement la tête. « Quel homme stupide ! »

Il s'approcha d'elle et lui prit brusquement le poignet. « Regarde-moi, Nadeja… droit dans les yeux ! Est-ce qu'il n'a pas voulu d'elle parce qu'il te voulait, *toi* ? »

De nouveau elle haussa légèrement les épaules, et un peu de rose se répandit sur ses joues pâles. « Est-ce que ce n'est pas toujours comme ça avec les hommes ? Ce qu'ils ne peuvent pas avoir…

— Ah ! Donc, pendant tout ce temps, il t'a fait la cour, c'est ça ?

— Mais bien sûr que non, James ! Ce qu'il voulait, c'était m'épouser. C'est quelque chose de très différent, non ?

— Oui. Je vois. »

Il lui lâcha le poignet et s'éloigna. Il arpenta la pièce de long en large, sans davantage savoir où il était qu'un homme aux yeux bandés arrivant sur une planète inconnue. Mais il savait ce qu'il voulait faire et dire ; les mots qu'il avait préparés dans son esprit se traçaient en lettres de feu sur les étouffantes ténèbres. « Tu dois te sentir libre… » Cinq mots si faciles à prononcer ! « Parfaitement libre… parfaitement libre… », lui criait une voix intérieure. C'était le moins qu'il pût faire, s'il devait jamais retrouver le respect de lui-même ; mais quand il ouvrit enfin la bouche, aucun son n'en sortit. Il se planta de nouveau devant Nadeja, le visage tourmenté comme celui d'un enfant apeuré.

« Nad… qu'est-ce que tu aimerais le plus faire au monde ? Dis-le-moi, je… je veux que tu le fasses ! » bredouilla-t-il. Et il attendit, les mains glacées.

Nadeja le regarda avec une surprise lentement croissante. Elle était redevenue pâle.

« Même si, continua-t-il d'une voix étranglée, tu comprends, Nad, même si… »

Elle continuait de le fixer des yeux d'un air grave et maternel. « C'est bien vrai, ce que tu dis là ? » demanda-t-elle à voix très basse. Targatt hocha la tête.

Un petit sourire flotta sur les lèvres de Nadeja. « Eh bien, mon chéri, si seulement j'avais pu être sûre de bien marier Mouna, je t'aurais dit : "Ne crois-tu pas que maintenant nous pourrions enfin nous permettre d'avoir un enfant ?" »

1934

Table de matières

6921

Composition Nord Compo
Achevé d'imprimer en France (Manchecourt)
par Maury-Eurolivres
le 1er mars 2004.
Dépôt légal mars 2004. ISBN 2-290-33195-3

Éditions J'ai lu
84, rue de Grenelle, 75007 Paris
Diffusion France et étranger : Flammarion

Une affaire de charme

Du même auteur
aux Éditions J'ai lu

Fièvre romaine, *J'ai lu* 2700
Le temps de l'innocence, *J'ai lu* 3393
Sur les rives de l'Hudson, *J'ai lu* 4932
Les New-Yorkaises, *J'ai lu* 5905
Les Dieux arrivent, *J'ai lu* 6075
La splendeur des Lansing, *J'ai lu* 6494